권왕의 레이드

권왕의
레이드 6

초판 1쇄 인쇄일 2016년 10월 21일 | **초판 1쇄 발행일** 2016년 10월 24일

지은이 장쯔 | **펴낸이** 곽동현 | **담당편집 팀장** 이범수
편집부 신연제 이윤아 홍현주 김유진 임지혜

펴낸곳 (주) 조은세상 | 출판등록 제 2002-23호
주소 경기도 연천군 미산면 청정로 1355
TEL 편집부 02)587-2966 | FAX 02)587-2922
e-mail bukdu@comics21c.co.kr

ISBN 979-11-5832-674-6 | ISBN 979-11-5832-593-0(set) | 값 8,000원

※잘못 만들어진 책은 바꿔 드립니다.
※저자와의 협의에 의해 인지는 생략합니다.

권왕의 레이드

NEO MODERN FANTASY STORY & ADVENTURE

장쯔 현대 판타지 장편소설

CONTENTS

37. 재정비

37. 재정비

대승이었다.

대승을 했지만 지후의 표정은 결코 좋지 않았다. 인질들을 구하려다 더욱 큰 희생을 치렀기 때문이다.

모두의 말대로 인질들을 구하지 말았어야 했던 걸까?

자신의 고집으로 인해서 인질들을 구하기 위한 병력이 움직였고 결국 큰 희생을 치르고 말았다.

물론 나중에는 역으로 적들이 반대의 입장이 되어 유린당했지만 지후의 마음은 혼란스러웠다.

결과가 좋다고 과정까지 좋지는 않은 이번 전투에 지후는 어떤 선택이 옳았을지 정답이 나오지 않았다.

다만 대승 외에도 한 가지 얻은 것이 있었다.

병사들이 두려움을 대하는 자세였다.

두려움을 느끼기에 인간이다.

두려움을 모르면 누구도 살아남지 못한다.

그저 죽을 자리인지 모르고 달려드는 부나방일 뿐.

두려움을 느껴야 그걸 극복하며 강해지는 것이다.

두려움을 극복하려면 독기와 용기가 필요하고 그걸 가장 쉽게 얻는 방법은 실전과 강한 적이다.

물론 그 과정에서 두려움에 굴복하는 자들도 많지만.

그렇기에 두려움을 극복하고 이겨낸 전투만큼 값진 승리는 없다.

오늘은 함정에 빠져 많은 희생을 겪었지만 그 이상으로 얻은 게 많았다.

두려움을 극복한 병사들은 승리의 기쁨과 살아있음을 제대로 누리고 있었다.

"와아아아아!"

"이겼다!"

"우리의 승리다!"

"적들이 물러간다!"

"이지제국 만세!"

"황제폐하 만세! 만세!"

함성소리가 가라앉자 지후는 병사들에게 안전지대로 이

동을 지시했다.

시체를 치울 필요는 없었다. 한동안 사냥은 없을 것이고 어차피 차원전쟁 이후에는 지형이 변하기에 알아서 사라질 것이었다.

당분간은 한가하게 사냥을 할 때가 아니었다.

아마도 세일란 족은 계속해서 우리를 노릴 것이었다.

그렇기에 안전지대에서 모두를 재정비 시키고 더욱 다양한 상황에 대처할 방법을 마련해야 했다.

오늘은 적들이 물러갔지만 언제고 이런 요행은 없을 것이기에.

막말로 세일란 족이 자신들의 몸을 끔찍이 생각하는 종족이 아니었다면, 화마를 뚫고 적들이 전진했다면 오늘 얼마나 많은 아군이 죽었을지는 알 수가 없었다.

안전지대에 도착한 뒤에 모두에게 휴식을 명한 뒤 지후도 자신의 성으로 돌아갔다.

안전지대에선 모두가 대승을 축하하며 승리에 취한 분위기였지만 지후만은 아니었다.

과연 자신의 선택이 옳은 선택이었는지 여전히 의문이었고 지후의 지인들이 함께 한 저녁식사 자리에서도 지후의 얼굴은 내내 어두웠다.

황제의 표정이 어두우니 식사자리는 점점 삭막해졌고 빠른 시간에 끝이 났다.

모두가 돌아가고 지후는 홀로 술잔을 기울이며 생각에 잠겼다.

아영과 소영은 그런 지후의 곁으로 다가와 지후에게 위로의 말을 건넸다.

"오빠. 설마 오늘 전투에서 생긴 희생자가 오빠 때문이라고 생각하는 건 아니죠?"

"……."

"…진짜 그렇게 생각하나 보네요…. 어떻게 그렇게 생각할 수가 있죠? 전쟁에서 희생은 불가피해요. 그런데 우리가 어떻게 아무런 피해가 없을 수 있겠어요. 그리고 그 피해가 어떻게 오빠 책임이겠어요?"

"그렇긴 하지만… 오늘 내 판단으로 인해 너무나 많은 병사들이 죽었어."

"오빠. 엄청 안 어울리는 거 알아요? 언제부터인지 모르겠는데 오빠는 모두를 살리겠다는 말도 안 되는 상상을 하고 있어요. 물론 그러면 좋죠. 하지만 이상과 현실은 구분해야죠. 현실적으로 불가능하잖아요. 그러니까 오빠가 할 일은 피해를 최소화 하는 거지. 모두를 살리거나 하는 게 아니에요. 그렇게 혼자서 모든 짐을 다 짊어지면 누가 알아주나요? 오빠는 언제나 오빠 마음대로 내키는 대로 행동했잖아요. 황제가 된 이후로 오빠 스스로가 너무 그 직책에 사로잡혀 있는 것 같아요. 좀 내려놔요."

"하지만…."

"하지만은 무슨 하지만이에요? 정말 이 오빠가 요즘 이상하다 이상하다 했는데 예전이랑 달라도 너무 달라졌네. 솔직히 말해서 오빠가 오늘 억지를 부려서 인질들을 구하러 간 건 맞아요. 그래서 희생은 있었지만 희생만 있었어요? 지금 밖에서 왜 병사들이 환호하는지 모르겠어요? 전쟁엔 어차피 희생이 따라와요. 그건 병사들조차 아는 사실이고 어쩔 수 없는 현실이에요. 현실을 외면하지 마세요. 어떻게 보면 오늘 적은 희생으로 대승을 한 것 아닌가요? 아마 대승이 없었다면 오빠가 욕을 먹었을지도 모르겠지만 지금 현실적으로 누가 오빠를 욕할 수 있을까요? 오빠는 황제에요. 누구도 오빠를 욕하지 않아요. 설령 오빠가 잘못된 선택을 한다고 해도."

"그래. 나는 황제야. 오늘도 선택은 내가 한 거고 선택에 따른 책임도 내 몫이지. 나는 그런 자리에 앉아 있는 거니까."

"그래요. 선택은 오빠만이 할 수 있는 거예요. 하지만 오빠 혼자 모든 책임을 질 필요도 없어요. 다른 사람들한테 미루기도 하고 좀 그러세요. 황제가 되기 전 오빠는 정말 거침없는 인생을 살았잖아요. 그런데 지금은 너무 책임감이라는 무게에 짓눌려 있는 것 같아요. 좀 내려 놔요. 솔직히 말해서 오늘 오빠가 한 판단은 누구도 뭐라고 할 수가 없어요. 만약 인질들을 버렸다면 오늘의 대승이 없었을 거예요. 인질들을 죽도록 내버려 뒀다며 피도 눈물도 없는 황제라며 손가락질만을 받았겠죠."

"맞아요. 지후씨. 만약 지후씨가 운전을 하는데 양 갈래 길이 나왔다고 해봐요. 어느 길로 간다고 한 들 그 길이 길이 아닌 건 아니잖아요. 지름길과 돌아가는 길. 무엇을 선택하든 본인이 하는 거죠. 빠르게도 갔다가 느리게도 가고, 그저 지후씨가 끌리는 길로 가면 되요. 맞는 길, 틀린 길이 어디 있겠어요. 어느 길로 가도 다 만날 수 있는 거고 당장은 돌아가도 그게 나중엔 꼭 필요했던 길일 수도 있는 거죠. 길이 생긴 데는 다 의미가 있는 것 아니겠어요? 아무 의미도 없다면 세상엔 한 가지 길만이 존재하겠죠. 돌아가는 길도 다 경험이고 의미가 있는 거예요. 인생에 경험만큼 좋은 게 또 어디 있겠어요. 뭐 가끔은 포장되지 않은 비포장도로로도 갈 수도 있는 거죠."

지후는 아영과 소영의 위로에 기분이 조금 나아지는 것을 느꼈고 이래서 사람들이 결혼을 하는 건가 싶었다.

역시 좋지도 않은 머리로 혼자 아무리 생각한 들 좋은 생각이 나오는 건 아니다.

이래서 대화가 중요한 것이다. 혼자 아무리 끙끙 앓아봐야 해결책이 나오는 것이 아니다.

물론 여럿이 고민한다고 한들 반듯이 해결책이 나오는

것도 아니지만 고민은 나눌수록 가벼워지는 것이고 해결책도 여러 가지가 나오는 것이었기에 오늘 부인들과의 대화는 매우 유익했다.

지후는 대화를 통해서 아영과 소영 덕에 알게 된 사실이 있었다.

조금은 내려놓아도 된다는 사실과 누구도 자신의 선택에 돌을 던지지 못할 거라는 사실이었다.

물론 오늘은 결과가 좋아서 과정이 덮인 격이었지만 그렇지 않다고 한들 누가 뭐라고 하겠는가?

다시금 자신의 위치를 제대로 깨달은 지후였고 자신이 앞으로 할 일은 모두를 살리는 것이 아니라 최소한의 희생으로 전쟁에서 승리를 하는 것이라는 사실이었다.

물론 여전히 지후의 마음속에는 모두를 살려야 한다는 강박관념이 남아있는 것은 사실이었지만 어느 전쟁에나 희생은 어쩔 수 없다는 사실을 인정하고 나니 마음이 조금은 편해졌다.

지후는 자신을 생각해서 이런 위로를 해주는 부인들이 오늘 따라 유난히도 예뻐 보였고 역시 피를 본 뒤에는 달아오른 몸을 식혀줘야 한다는 생각을 하며 부인들과 함께 침실로 향했다.

아영과 소영 또한 오늘 상당히 많은 피를 손에 묻혔기에 두 사람의 몸도 상당히 달아올라 있었고 세 사람은 평소보다 더욱 더 깊고 진한 밤을 보낼 수 있었다.

지후의 머릿속에 있는 모든 고민을 비우고 자신들에게만 온전히 집중시키려 하는 듯이 아영과 소영은 평소보다 훨씬 적극적인 움직임을 보였고 결과적으로 지후는 잡념을 털어내고 부인들에게 집중을 할 수 있었다.

그 결과 다음날 부인들은 움직일 수가 없었고 지현에게 연락을 취해 치료를 받아야 했다.

뭐든 적당히가 좋은 거지만 잡념을 털어내고 본능에 충실해진 지후는 앞뒤를 가리지 않는 무서운 수컷이었다.

◆

다음날부터 본격적으로 여섯 종족과 지구인들은 전술훈련에 임해야 했다.

그동안처럼 주먹구구식의 전투로는 여러 상황에 대응을 하기가 힘들었기에 지후는 병사들에게 본격적인 대형과 전술을 익히도록 주문했다.

지후는 자신이 마음먹었던 대로 윌슨의 얼굴에서 웃음기를 없애기 위한 보직으로 발령을 보냈다.

신무기개발팀으로 윌슨을 보냈고 윌슨은 여섯 종족과 지구인들 모두가 만족할 무기를 만들기 전까지 집에도 들어가지 말라는 어명이 내려졌다.

윌슨은 지후의 말에 쿠데타를 일으키겠다며 소리를 질렀지만 아무도 그의 말에 귀를 기울이지 않았다.

월로드의 지휘 아래 전술훈련은 착착 진행되고 있었고 그 결실은 조만간 전쟁에서 볼 수 있을 것이었다.

윌슨은 매일 지후에게 매달리며 자신을 현장으로 보내달라며 생 떼를 썼지만 지후에게는 먹히지 않았고 윌슨도 자신이 그곳을 탈출하기 위해서는 신무기가 필요하다는 사실을 인식했다.

윌슨은 지후에게 말도 안 되는 신무기를 들고 오며 까이고 또 까였다.

"형님! 이걸 보세요! 이 얼마나 튼튼한 갑옷입니까!?"

윌슨이 지후에게 보여주는 갑옷은 정말 튼튼해 보였다. 그리고 튼튼했다.

하지만 입고 움직일 수 있을지는 의문이었다.

"그거 너 입어봐."

"네?"

"입어보라고."

"……."

"입고 움직이지도 못할 걸 튼튼한 갑옷이라고 만들어? 죽을래? 와~ 들어간 금속 종류는 또 엄청 많네? 무게가 거의 300kg가 나가는 갑옷이라…. 그런데 움직이는데 마정석 같은 걸 이용하는 것도 아니고 순수하게 착용자의 힘만으로 입는다고? 이거 누가 입고 벗을 수나 있겠냐?"

지후는 윌슨이 만들어낸 황당한 갑옷에 짜증이 나서 모두를 바라보며 입을 열었다.

"너희들 정신 안 차려? 내가 너희들한테 이딴 쓸모없는 거나 만들라고 지원을 하는 것 같아? 한 두 명이 모인 것도 아니고 일곱 종족이 모여서 만든 게 이따위 쓸모없는 갑옷이야? 이 갑옷을 어떤 종족이 입을 건데?! 내가 아직 웃을 수 있을 때 잘하자. 특히 여섯 종족들은 내 옛날 모습을 모르는 것 같은데. 지구인 아무나 잡고 물어봐봐. 내가 어떤 인간인지. 나한테 이런 고철덩어리를 새로운 갑옷이라고 들이대면 어떤 소리를 들을지."

지후는 한쪽 구석으로 갑옷을 집어던진 후에 바닥을 뒹구는 갑옷을 향해 강기를 날렸다.

"콰아앙!"

지후의 강기에 사정없이 망가진 갑옷을 보며 모두가 할 말을 잃었다.

"튼튼하지도 않네. 제발 쓸모 있는 걸 만들자. 응? 이딴 걸 누구한테 입혀서 전쟁에 내보낼 거야!"

지후는 짜증이 난다는 듯이 무기 개발실을 나가버렸고 윌슨이 망가진 갑옷에 화풀이 하는 소리가 바깥까지 들려왔다.

사실 신무기라는 게 하루아침에 나오는 것이 아니었다.

이미 각 종족들이 만들 수 있는 최선의 무구들이 만들어져 있었고 다른 종족들과의 교류로 만들어진 무구들도 몇 달 사이에 대부분 완성되어 있었다.

처음 모여서 만들 때나 아이디어가 샘솟고 활력이 넘쳐나지.

지금처럼 대부분 만들어 진 상태에서는 새로운 아이디어도 새로운 무언가를 만들 방법도 딱히 없었고 아무것도 모르는 윌슨이 닦달을 해대자 개발실의 모두는 그저 짜증만 날 뿐이었다.

윌슨은 며칠간 개발실의 모두와 함께 머리를 맞대고 개발에 몰두했지만 이렇다 할 만 한 성과가 전혀 없었다.

하루빨리 이 책상머리에서 벗어나고 싶은 윌슨은 개발실에 있는 모두를 쪼아댔고 그들은 아무것도 모르고 그저 쪼아대는 윌슨으로 인해서 스트레스가 이만저만이 아니었다.

결국 윌슨은 탈출을 감행하다 자신의 친형인 윌로드에 의해 다시 개발실의 책상으로 붙잡혀 올 수밖에 없었다.

윌슨은 지수와 하나뿐인 아들이 눈에 아른거려 뭐라도 만들라며 모두를 닦달하며 재촉했지만 그렇게 뚝딱 개발되면 개발실이 왜 필요하겠는가?

그냥 아무나 하면 되지.

멀쩡하게 굴러가던 개발실도 윌슨이라는 똥 덩어리가 합류하자 제대로 굴러가지 못하고 삐걱거리기 시작했다.

사실 윌슨을 괴롭히려는 계획으로 보낸 곳이었지만, 개발실의 직원들이 윌슨으로 인한 스트레스로 업무효율이 점점 떨어지고 있다는 사실이 지후에게 전해졌고 결국 지후가 나설 수밖에 없었다.

"형님! 저 이대로는 못살겠습니다! 제발 현장으로 좀 보내주세요!"

"뭐 제대로 개발은 했고? 성과가 있어야 다시 보직을 바꿔주지."

"형님! 제가 이곳에 있는 사람들처럼 연구하는 사람도 아닌데 뜬금없이 개발은 무슨 개발입니까!"

응? 그렇게 말하면 내가 할 말이 없는데….

"저들이 개발한 걸 현장에서 쓰는 사람이 누구야? 넌 그동안 어디서 일했지? 현장 아닌가? 나는 네가 현장에서의 경험을 살려서 현장에서 정말 필요한 뭔가를 개발해낼 수 있을 거라고 믿었다."

좋아. 자연스러웠어.

"형님…. 제가 그런 걸 어떻게 알겠습니까! 막말로 저는 전용무기를 쓰는데! 그리고 현장에서 싸우기도 바쁜데 그걸 어떻게 알아요! 그런 건 차라리 일반병사들을 불러서 물어봤어야죠!"

들어보니 네 말도 맞는 말인데… 그런데 넌 절대로 이렇게 재빠르게 받아칠 수 있는 머리가 아닐 텐데… 네 머리는 그냥 장식이었잖아. 정말 어지간히도 나가고 싶나보네. 돌이라도 굴리는 걸 보니까.

"그게 아니더라도 현장을 써포트하는 기술자들의 모습을 보면서 느끼는 게 없냐?"

"제가 그걸 왜 알아야 하는데요? 형님은 아세요?"

"흠…."

"형님…."

"그럼 이 기회에 알아봐. 너 너무 인생을 쉽게 살고 있어. 이제 한 집안의 가장인데 새로운 경험도 하면서 인생의 무게도 느껴봐야지. 네가 정 나가고 싶으면 내 요구조건을 만족시켜. 인생에 쉽게 얻어지는 건 없다."

윌슨은 지후가 자신에게 뭔가 단단히 못마땅한 것이 있어서 자신을 괴롭히려고 한다는 사실을 드디어 느낄 수 있었고 눈치를 채게 되자 그동안 개발실에서 머리를 싸매고 있던 시간들이 떠올라 짜증이 치밀었다.

"말이야? 방구야? 내가 그걸 왜 알아야 되는데? 굳이 쉽게 살 수 있는 인생을 어렵게 살 필요가 있어요?"

"뭐?"

너 왜 이렇게 말을 잘해?

"형님 지금 저 일부러 괴롭히는 거죠? 말도 안 되는 이유들을 들먹이면서."

젠장. 너도 눈치라는 게 있긴 있었구나. 그동안 눈치라는 게 있다는 걸 한 번도 안 보여줘서 없는 줄 알았는데.

"형님 저 맘에 안 들죠?"

지후는 윌슨이 눈치를 챘다는 사실에 약간 당황을 하고 있었다.

그리고 아까부터 점점 짧아지는 윌슨의 말이 지후의 귀에 점점 거슬려 오고 있었다.

"너 지금 나한테 반말하니?"

"아니."

윌슨은 껄렁하게 바지에 손을 집어넣으며 도끼눈을 뜨면서 한쪽 입고리만 살짝 올리며 다리를 떨고 있었다.

"그런데 지금 말투가 그게 뭐냐? 눈깔은 또 왜 그렇게 떠?"

"네?"

"눈깔을 왜 그렇게 뜨냐고."

"그냥 맞짱을 뜨던가."

"……!"

"쫄리면 뒈지시든가. 말도 안 되는 이유로 왜 사람을 여기에 처박아 두는데! 현자 납셨네. 이번에 이유로 무슨 삶의 지혜타령이라도 하시게?"

이놈이 나한테 제대로 배웠네.

저 말투와 도발.

정말 제대로 배웠어.

진심으로 죽여 버리고 싶은 기분이 들 정도로.

"말 다했냐?"

"아니. 아직 덜 했거든! 대체 왜 나한테만 그러는 건데!"

"윌슨. 너 낚시 해봤냐?"

윌슨은 대답은 하기 싫었는지 고개만 까딱 끄덕였다.

"넌 낚시터에 있는 물고기를 전부 잡냐?"

"설마… 내가 낚시터의 물고기고, 지금 심심풀이로 낚시질 중이시다?"

지후도 말없이 한쪽 입 꼬리를 올리며 고개만 끄덕였다.

그 모습에 윌슨은 참을 수 없다는 듯이 아공간 반지에서 갑옷을 꺼내서 입고 있었다.

"한판 붙죠. 남자답게! 대체 나한테 왜 이러는지 모르겠는데 오늘 한판 붙고 뜹시다!"

"좋아. 그런데 너랑 나랑 싸워봐야 너무 일방적이지 않겠냐? 그러니 어드밴티지가 있어야지. 넌 나한테 어디든 상처하나만 입혀라. 그러면 내가 여기서 나가게 해주지."

"정말로?"

지후는 고개를 까딱 끄덕였다.

"형님. 한입으로 두말하기 없습니다!"

"형이 여태까지 살면서 약속을 어긴 적은 없었다."

"그렇죠, 약속하나는 정말 잘 지키시죠. 그럼 믿고 상처를 내 드리겠습니다. 괜히 상처 입었다고 남자가 돼서 쪼잔하게 꽁하고 있기 없습니다."

"당연하지. 어디든 내 몸에 상처를 낸다면 바로 현장으로 보내주지."

"무르기 없습니다. 남아일언."

"중천금."

윌슨은 지후의 말에 미소를 지으며 고개를 끄덕이며 우산을 쓰다듬고 있었다.

우산을 쓰다듬던 윌슨은 지후가 무방비 상태라는 생각과 '드러와 드러와' 이렇게 말하는 듯한 지후의 빈틈에 더 이상 대화는 필요 없다는 생각이 들었다.

윌슨은 갑자기 돌변해서는 지후를 향해 우산을 찔러 넣었다.

불꽃과 함께 우산은 매서운 기세로 지후의 가슴팍을 향해 찔러오고 있었다.

"먹어라! 이 씨x놈아!"

지후는 옆으로 한걸음을 옮기며 찔러 오던 우산을 손바닥으로 쳐낸 뒤에 윌슨의 품으로 파고 든 뒤 발을 살짝 걸어 윌슨을 넘어뜨렸다.

당황한 윌슨은 낙법을 펼치며 앞구르기를 하며 오뚜기

처럼 일어섰다.

"기습을 하면 통할 것 같았냐? 그런데 너 지금 나한테 욕한 거 맞지? 뭐 씨x놈?"

윌슨은 지후의 말에 식은땀이 흐르는 것을 느껴야 했다.

확실한 기회라고 생각했던 기습은 지후에게 가볍게 제압당했고 괜히 입방정으로 지후의 공격력만 올렸기 때문이다.

"하하하하. 제 기합입니다. 저 전투 중에도 자주 하는데…. 그동안 워낙 홀로 독고다이로 돌격하셔서 못 들으셨나보네요."

들었지. 분명히 전쟁터에서 몇 번이나 듣기는 했지. 병사들을 이끄는 장수의 입에서 쌍소리가 터질 때마다 어찌나 부끄럽던지 내 얼굴이 자주 화끈거렸지. 내가 그 꼴이 보기 싫어서 혼자 돌격한 적도 있었는데. 넌 멀쩡하게 생겨서 대체 왜 그러는 걸까? 영국의 혈통에 무슨 이상이 있었나? 윌로드는 괜찮던데. 너네 누나나 너는 정말 이상하단 말이지. 이제 한 가정의 가장이 됐으면 너도 정신 차릴 때가 됐는데. 네 하는 짓을 보고 있자면 내가 마음이 무너진다. 그런데 전쟁터에서만 하던 욕을 하는 걸 보면 넌 지금 나랑 전쟁이라도 하자는 거냐? 생각해보니까 열 받네. 이게 형을 적으로 간주하고 사생결단을 내려고 해? 오늘 한 번 죽도록 맞아봐라.

지후는 윌슨을 바라보며 씨익 미소를 지은 뒤에 자신의 팔찌에 기운을 주입했다.

좌아악. 착착.

윌슨의 앞에는 소울아머를 착용한 지후가 당당히 서있었다.

그 모습에 윌슨은 어이가 없었다.

그냥 싸워도, 전력을 다해도 상처를 입힐 가능성이 극히 드문 마당에 소울아머라니.

소울아머를 입으면 자신보다 훨씬 강한 적들도 상처를 입히지 못하는데!

거기다 최근 있었던 전투로 영혼력은 거의 무한에 가까울 정도로 충만할 텐데!

"이… 이… 런… 빌어먹을! 소울아머라니 이건 반칙이잖아!"

"응? 왜? 난 너한테 한 번도 소울아머를 입지 않는다는 말을 한 적이 없는데? 그리고 갑옷은 너도 입고 있잖아. 분명히 나는 너한테 어드밴티지를 줬어. 어디는 나에게 상처를 입혀 보라고. 갑옷을 입지 않겠다는 말은 한 적도 없어."

"이런 개새… 어디서 말장난을…."

오늘 네가 정녕 죽고 싶구나.

상황파악이 느려.

이제라도 머리를 좀 굴리나 싶었더니만 여전히 똥만 들었어. 소울아머를 봤으면 바로 무릎 꿇고 빌었어야지. 상황 판단이 그렇게 느려서 현장에서 제대로 지휘가 가능키나 하겠냐. 널 믿고 내가 마음이 놓이겠냐.

"마음껏 덤벼봐~"

지후는 양팔을 벌리며 고개를 까딱이더니 이제는 양손으로 빨리 공격을 하라는 손짓까지 하며 윌슨을 조롱하고 있었다.

"죽어버려. 이 개자식아!"

멍멍!

"너 우리 엄마 아빠한테 다 말해줄게. 내가 개자식이면 우리 부모님은 개니까."

"야!"

아주 내가 네 친구다 이 새끼야.

"넌 내 부모님 욕을 해서 개발실에 박혀있던 거야!"

지후는 윌슨을 가둔 명분거리를 드디어 찾아냈다.

그동안 지수가 찾아와서 자기 남편을 어디에 보냈냐는 말에 개발실에서 신무기를 개발 중이라고 말만 했지 딱히 제대로 된 변명거리가 없었다.

살을 부대끼고 사는 지수기에 윌슨이 개발실에서 무기를 개발할만한 인물이 되지 못한다는 사실을 알고 있었고 대체 뭘 하고 있냐며 지후를 찾아와 자주 캐물었다.

그때마다 대충 넘어갔었는데 드디어 이유를 만들어냈다.

녹음기에는 제대로 녹음이 되고 있었고 적당한 편집 작업만 거친다면 지수조차 뭐라고 하지 못할 강력한 무기가 지후의 손에 들어왔다.

이제 윌슨에게 할 세뇌작업만이 남아있었다.

윌슨은 지후의 무차별적인 폭력 앞에 자신이 개발실에 온 이유를 철저히 세뇌 당하고 있었다.

자신이 황제폐하를 욕하고 황제폐하의 부모님을 동물에 비유했기 때문이라는 사실을 뼈가 시리도록 맞으며 몸으로 깨닫고 있었다.

"개새… 끼…."

"뭐? 너 또 우리 부모님 욕 했냐? 더 맞아야겠네. 장인 장모를 욕하는 사위라니."

"말장난… 하지… 마…."

'이 부분은 편집.'

윌슨 너의 근성은 인정한다.

이렇게 맞고도 아직 나에게 욕을 할 수 있는 근성은 어디에서도 찾기 쉽지 않지.

하긴… 강해진다는 일념하나로 나에게 찾아왔었으니.

그런데 넌 잿밥에만 너무 관심이 많았어.

지수라든가. 지수라든가. 딱히 생각이 안 나네. 아무튼 내가 그렇다면 그런 거야.

그리고 넌 애매한 포지션으로 중책을 모두 피해가는 행운을 거머쥐었지.

그러니 이렇게라도 때워야지.

내 샌드백이라도 되어서 업무로 인해 지친 내 심신이라도 달래줘야지.

그리고 원래 네 포지션은 처음부터 내 샌드백이었어.

지수로 인해 자리에서 잠시 이탈했을 뿐.

오늘 드디어 제자리를 찾아가는 거야.

지수랑 결혼하며 그 사실을 잊고 있었던 너의 골수에 새겨 넣어주마.

윌슨은 지후로 인해 오랜만에 조상님을 만나고 돌아올 수 있었다.

지후의 암사체험으로 인해 윌슨은 새로 태어날 수 있었다.

더욱 이상하게.

윌슨은 30분 정도를 더 구타를 당했고, 지후는 개운한 표정으로 개발실을 나섰다.

개발실에는 간단한 치료마법이 가능한 엘프뿐이었고 출입이 엄격하게 통제되고 있었기에 윌슨은 몇날 며칠을 개발실의 구석에서 끙끙대며 버텨야 했다.

'앞으로도 희망이라는 떡밥으로 너를 더욱 채찍질 해주마.'

◆

지후는 사실 꿈을 거의 꾸지 않는 편이다.

남들은 지후가 잠이 많다고 착각하고 있지만 사실은 지후는 잠이 적은 편이었다.

그냥 침대에 눈을 감고 누워있는걸 좋아하는 것뿐이었다.

지후의 경지는 더 이상 잠을 자서 회복을 하거나 하는 단계가 아니다.

잠을 자는 것은 그저 습관과 같을 뿐, 아무 의미가 없었다.

그런 지후가 지금 꿈을 꾸고 있었다.

죽어가는 병사들이 비명을 지르는 꿈을.

살려달라고.

왜 자신을 전쟁터에 데리고 왔냐고.

가족들의 품으로 돌려보내 달라고.

내가 아니라 네가 죽었어야 된다며 지후를 원망하는 병사들이 나오는 생생한 꿈을.

지후는 살점이 다 떨어져나간 좀비 같은 모습으로 자신을 향해 물샐틈없이 밀려오는 병사들에게 소리치고 싶었다.

내가 원해서 하는 전쟁이 아니라고.

나도 너희의 희생이 안타깝다고.

하지만 지후의 몸은 움직이지 않았고 입도 뻥긋할 수가 없었다.

꿈속의 지후는 무기력했고 말 한마디 하지 못한 채 병사들에게 생살을 뜯겨야 했다.

"으아악!"

잠에서 깨어난 지후의 전신은 땀으로 범벅되어 있었다.

비명을 지르며 발작을 하듯이 일어난 지후로 인해 지후의 양옆에서 잠을 자던 아영과 소영도 덩달아 일어날 수밖에 없었다.

지후의 땀으로 축축하게 젖은 침대와 지후의 전신에 맺힌 땀을 보며 아영과 소영은 안쓰러움을 느낄 수밖에 없었다.

"지후씨…."

"오빠…."

두 사람의 안쓰러운 목소리에도 지후는 그 어떤 말도 없었다.

너무나 생생한 꿈에.

무기력했던 자신의 모습에 생살을 씹어 먹히던 생생한 고통에 아직 제정신이 아니었다.

아영과 소영은 멍한 눈을 하고 있는 지후를 데리고 목욕탕으로 향했다.

뜨끈한 물에 몸을 담그고 한참이 지나자 지후는 정신이 돌아왔고 아영과 소영의 손길과 자신을 걱정하는 눈빛이 느껴졌다.

'빌어먹을 꿈이네…. 심마라도 든 건가. 그럴 경지는 아닌데. 내가 스스로 심마를 만들고 있는 건가? 괜한 걱정만 끼쳤군.'

멍했던 지후의 눈에는 다시 생기가 돌았고 그 모습을 보자 두 사람은 조금 안심이 되었다.

지후는 자신을 걱정스러운 눈빛으로 바라보는 두 사람을 바라보며 '역시 가족이 최고구나' 라는 생각을 하며 둘을 가볍게 안아준 뒤에 탕을 나왔다.

탕에서 나와 지후는 잠시 혼자 있고 싶다며 방으로 들어가 버린 뒤에 출입을 금했다.

그 모습을 보며 두 사람은 도저히 걱정을 떨칠 수가 없었다.

"언니… 어떡하죠? 아무래도 오빠가 스트레스를 많이 받는 것 같은데…."

"그러게… 어떻게 해야 지후씨 기분이 조금이나마 나아질까? 악몽까지 꾸는 걸 보면 지후씨가 요즘 기가 많이 허해진 것 같은데."

"그러게요. 오빠가 악몽에 식은땀까지 흘릴 줄은 상상도 못해 봤어요."

"아!"

아영은 갑자기 손뼉을 치며 뭔가 대단한 걸 발견이라도 한 표정을 짓고 있었다.

"왜요? 뭐 좋은 생각이라도 있어요?"

"우리가 지후씨한테 보양식을 만들어 주는 게 어때?"

"우리가요?"

"응. 우리가 해주면 지후씨가 더 좋아하지 않을까?"

"정말 좋은 생각이에요. 그러고 보니 우리 결혼하고 오빠한테 한 번도 직접 요리를 해준 적이 없었네요."

"그러게. 우리도 좀 너무했네."

사실 지후에게 뿐만이 아니라 요리라는 거 자체를 해본 적이 없는 두 사람이었다.

지후를 만나기 전에도 대부분을 외부활동으로 보냈기에 요리를 할 일이 전혀 없었고 할 생각을 해본 적도 없던 두 사람이었다.

홀로 방안에 들어온 지후는 마음을 비우기 시작했다.

자신이 느끼던 책임감이 스스로를 짓누르고 있다는 사실을 이번 꿈에서 확실히 느꼈기 때문이다.

이대로라면 스스로가 심마를 만들지도 모르는 상황이었고 더 커지기 전에 제압해야 했다.

지후는 정말 오랜만에 가부좌를 틀고 명상에 빠졌다.

마교와의 전쟁에 앞장서서 싸울 때도 단 한 번도 아군이 죽는다고 해서 슬퍼하거나 하지 않았었다.

그가 피도 눈물도 없는 냉혈한이어서가 아니었다.

전쟁에서 죽음은 너무나 당연한 것이니까, 당연한 것에 일일이 눈물을 흘릴 이유가 없을 뿐이었다.

그저 해줄 수 있는 위로는 한명의 마교인이라도 더 죽이는 것뿐.

그런데 지금 자신은 그러지 않고 있었다.

신도 아니거늘 모두의 삶과 죽음을 관리하려 했다.

전쟁에서 가장 당연한 것이 죽음인데 그걸 당연하게 받아들이질 못하고 있었다.

'괴로움은 내 마음의 어리석음에서 온다. 이 괴로운 마음의 고통은 집착 때문 인거고. 꿈에서 깨듯 그저 깨버리면 될 것을. 난 대체 무엇을 얻고자 말도 안 되는 것을 붙들고 있었을까?'

사실을 있는 그대로 받아들이는 순간 지후의 머릿속을 가득 매우고 있던 안개가 점점 걷히는 느낌이 들었고 지끈거리던 머리가 맑아졌다.

'나도 참 멀었네. 스스로 심마나 만들고 있었다니.

너무나 당연한 걸 당연하다고 생각하지 않았다니.

난 그저 한 놈이라도 더 처 죽여주면 되는 거였는데.

괜한 고민으로 시간만 낭비한 격이었어.

스스로에게 무거운 짐을 일부러 짊어지게 하고 있었으니.'

명상을 통해서 깨달음을 얻거나 한 것은 아니었다.

그저 원래 알고 있던 당연한 사실을 다시금 깨우쳤을 뿐이었다.

지후는 가벼운 마음으로 자리를 털고 일어나 방을 나섰다.

"오늘 무슨 날이야? 오늘따라 식탁이 뭐 이리 화려해?"

지금 식탁에 보이는 광경은 진수성찬이라는 말도 너무나 가벼운 단어였다.

아침부터 저녁까지 황제의 큰 식탁을 가득 채우기 위해 두 사람은 정신없이 움직였다.

"지후씨가 몸이 허한 것 같아서 오늘은 특별히 신경 좀 썼어요."

"많이 드세요 오빠."

"고마워. 잘 먹을게."

지후의 부인으로서 처음으로 하는 요리였기에 두 사람은 오늘 주방식구들을 모두 퇴근시키고 하나부터 열까지 직접 만들었다.

보조라도 있었다면 좋았을 것을….

모든 주방직원을 퇴근 시키고 온전히 두 사람이 모든 요리를 만들었고 수많은 요리가 지후의 식탁을 가득 매우고 있었다.

모르면 물어보는 게 상식이었다.

하지만 두 사람은 그러지 않았다.

그저 좋은 재료를 몽땅 투자한 것이었다.

인터넷으로 대충 레시피를 훑어 본 뒤에 두 번 다시는 레시피를 보지 않았다.

뭔가 특별한 것을 만들어주고 싶은 마음이 컸다고 해야 할까?

두 사람은 해서는 안 되는 짓을 저질렀다.

아영과 소영은 일단 지후에게 자신들이 모두 만들었다는 사실을 말하지 않았다.

지후가 한 입 먹고 입을 열 때 서프라이즈로 말을 할 생각이었다.

자신들이 처음으로 직접 요리를 만들었다고.

당신을 위해 아침부터 지금까지 부엌에서 요리만 했다고. 그러니 먹고 기운을 내라고.

한 눈에 보기에도 정말 먹음직스러운 음식들이 식탁 가득 차려져 있었다.

일단 겉으로 보이는 외향은 백점 만점이었다.

삼계탕, 장어구이, 불고기, 갈비찜, 탕수육, 깐풍기, 팔보 채, 파스타와 피자 등.

이 외에도 20가지의 요리와 반찬들이 더 있었고 지후의 식탁에는 마치 뷔페가 펼쳐져 있었다.

한식, 중식, 양식 등 전 세계의 요리가 화려하게 식탁을 수놓고 있었다.

그런데 이상하게도 너무 많은 음식이 모여 있어서인지 맛있는 요리 특유의 향이 나지는 않았다.

뭐랄까?

좋지도 나쁘지도 않은 그런 애매한 향기가 식탁을 가득 매우고 있었다.

일단 지후는 윤기가 좌르르 흐르는 삼계탕의 다리를 하나 떼어 낸 뒤에 한입 크게 베어 물었다.

몇 번을 씹던 지후의 표정은 점점 일그러지고 있었다.

'이거 뭐야?! 닭다리가 아니라 고무야? 왜 이렇게 질겨?'

씹을수록 이상한 맛이 올라왔다.

설마 설마 하며 지후는 닭다리를 내려놓은 뒤에 갈비찜으로 젓가락을 향했다.

혹시나 하는 마음에 이번에는 크게 베어 물지는 않았다.

역시나 갈비찜에서도 이상한 맛이 났다.

음식물 쓰레기를 먹으면 이런 맛일까?

일단 뱉어내지 않고 겨우 삼킨 뒤에 지후는 식탁에서 일어나서 다른 음식들도 조금씩 맛을 봤다.

아영과 소영은 자리에서 일어나 음식을 먹는 지후의 모습을 보며 감회가 새로웠다.

자신들이 만든 요리를 저렇게 맛있게 먹는 모습이라니.

두 사람의 눈에는 지후가 너무 맛있는 음식으로 인해 허겁지겁 먹는 모습으로 보였고 그 모습이 너무나 사랑스러웠다.

사랑하는 남자를 위해 만든 요리를 사랑하는 남자가 맛있게 먹고 있다.

이 얼마나 감동적인 모습인가?

허겁지겁 음식을 먹어보던 지후는 젓가락을 내려놓은 뒤 갑자기 폴을 찾았다.

"폴! 폴! 밖에 누구 없느냐!"

지후의 행동에 잠시 당황을 했지만 아마도 음식이 많고 맛있으니 다른 사람들과 함께 나누고 싶어서 부르는 것이라 두 사람은 착각했다.

하지만 둘의 착각은 오래가지 않았다.

'설마… 오늘 꿨던 그 꿈은 심마가 생겨서 꾼 꿈이 아니었던 건가? 예지몽이었던 건가? 누가 나를 독살하려 하는 거지? 만독불침인 나만 먹어서 천만다행이야. 아영이나 소영이가 먹었다면… 이 정도 독성이라면 어지간한 힐러로는 치료가 쉽지 않았을 거야.'

밖에 있던 내성수비대원들은 바로 지후가 만찬중인 부엌으로 들어왔다.

내성수비대원들은 지후가 폴을 부르라고 시키자 바로 폴에게 연락을 넣었다.

그들에게 연락을 받은 폴, 그리고 폴과 함께 식사 중이었던 지현과 수혁까지 모두 다급하게 움직이기 시작했다.

폴이 도착하자 지후는 폴에게 전음으로 상황을 알렸다.

[지금 누군가 나를 독살하려고 했어. 당장 모든 주방직원을 잡아와. 한명도 빠짐없이.]

지후에게 전음을 들은 폴은 내성수비대원들에게 식탁과 음식에 아무도 손을 대지 못하도록 막으라 지시했고 바로 수혁에게 이 사실을 알렸다.

상황이 이상하게 돌아가자 아영과 소영은 점점 당황스러운 상황에 놓이게 되었다.

자신들이 생각하던 그림은 이게 아니었는데.

생각과는 다르게 이상한 상황이 연출되고 있었다.

쾅!

문을 박차고 지후의 누나인 지현이 달려오고 있었다.

"지후야! 독살이라니! 그게 무슨 소리야! 누가 널 독살을 해!"

지현은 화가 단단히 난 목소리로 지후를 향해 다급하게 뛰어왔다.

역시 남매는 남매인지 지후가 이상이 없나 샅샅이 살펴본 뒤에 혹시 모른다며 지후를 향해 힐을 시전 했다.

그 후에 지후를 통해 상황을 전해 들었다.

지후가 지현에게 하는 말을 들으며 두 사람은 아차 싶었다.

두 사람은 어디서 이상한 걸 봤는지 이상한 자부심과 마인드를 가지고 있었고 요리를 하면서 단 한 번도 자신들이 만드는 요리의 간을 보지 않았다.

하지만 억울했다.

정성껏 하루 종일 만들었는데 독이라니.

맛이 없더라도 사랑으로 먹어줄 수 있는 게 아니겠는가?

두 사람의 마음속에는 지후에 대한 서운한 감정이 싹 텄지만, 이제는 상황을 무마시키기 위해서 나서야 할 타이밍이었다.

하지만 선뜻 나서기가 쉽지 않았고 타이밍을 재는 사이 수혁은 휴식 중이던 모든 주방직원들을 체포해 문을 열고 식탁 앞으로 데려왔다.

주방직원들은 대체 무슨 일인지 영문을 모르겠다는 표정과 당혹감에 휩싸인 표정이었다.

대체 자신들이 무슨 잘못을 했다고 수갑을 차고 이런 대접을 받아야 한다는 말인가?

"모두 꿇어라!"

수혁은 잡아온 주방장과 직원들의 무릎을 꿇게 한 뒤에 지후를 바라봤다.

지후는 차가운 표정을 지으며 무릎을 꿇고 있는 직원들을 향해 입을 열었다.

"누구냐! 누가 음식에 독을 탄 것이냐? 대체 누구의 사주를 받은 것이냐?"

지후는 정말 의문이었다.

대체 누가 자신을 죽이려 했다는 말인가?

아직도 지구에 자신에게 덤빌만한 적이 남아있었던가?

자신이 죽으면 모든 게 끝이다. 이건 모두가 아는 사실인데 그런 자신을 암살한다?

상식적으로 말이 되지 않았다.

아니면 지인을 노린 것인가?

끝도 없는 의문은 꼬리에 꼬리를 물었고 도저히 자신의 상식으로는 답이 나오지 않았다.

아영과 소영은 일이 커지자 정말 쥐구멍이 있다면 들어가서 숨고 싶은 심정이었다.

자신들이 정성껏 만든 음식을 독이라고 생각한 지후에게도 섭섭했고 모두의 앞에서 그 요리가 독이 아니라 자신들이 만든 요리라는 사실을 말해야 한다는 사실에 너무나 창피했다.

두 사람이 안절부절 못하고 있는 사이 수혁은 본격적으로 주방장과 직원들에게 심문을 하려했고 그 순간 주방장과 아영의 눈이 마주쳤다.

그 눈에는 여러 가지 말이 담겨있었다.

자신은 시키는 대로 했을 뿐이다.

대체 자신에게 왜 이러는 것이냐.

아영은 미안함과 창피함에 주방장의 눈을 계속 마주치고 있을 수가 없었고 결국 주방장의 눈을 피해 고개를 돌려버렸다.

그 순간 주방장의 머릿속에는 번개가 내리 치는 것만 같았다.

설마 역모란 말인가? 자신이 왕가의 치정에 얽힌 거란 말인가? 왜 폐하를…. 대체 왜 자신의 남편을 죽이려 한다는 말인가? 그 일의 희생양으로 자신이 선택 된 것이란 말인가?

주방장은 이대로 죽는 것을 용납할 수 없었고 너무나 억울했다.

역모 죄도 역모 죄지만 황제라면 지구에 있는 자신의 가족들도 위험해 질수 있었기에 눈을 질끈 감고 입을 열었다.

"폐하! 드릴 말씀이 있습니다!"

아영과 소영은 주방장이 입을 열자 당황했다.

자신들이 먼저 말해야 했다.

주방장이 먼저 입을 열어선 안 됐다.

"지후씨…."

"오빠…."

아영과 소영은 동시에 입을 열었지만 지후는 손을 들어 두 사람의 말을 잠시 제지한 뒤 주방장을 바라봤다.

"할 말이 있으면 해 보거라. 나를 왜 죽이려고 했지?"

"폐하. 저는 폐하를 독살하려 한 적이 없습니다. 저희 주방식구들은 오늘 아침 이후로 주방에 누구도 발을 들인 적이 없습니다. 여왕님이 오셔서 오늘 주방에서 일하는 모든 직원들에게 강제적인 휴가를 명하셨고 저희는 그에 따랐을 뿐입니다. 저 요리들은 저희가 만든 것이 아닙니다. 이 역모는…. 저희가 한 것이 아닙니다. 저희는 이렇게 역모의 희생양이 될 수는 없습니다!"

"역모라고…? 대체 무슨 소리지?"

"지후씨…."

"오빠…."

역모라는 단어가 나오자 아영과 소영은 일이 걷잡을 수 없이 커져가는 것을 느끼며 당장이라도 이 상황을 멈추고 싶었다.

지후는 두 사람의 말을 들은 척도 하지 않으며 주방장을 향해 걸어갔다.

"말해보아라. 역모라니? 대체 누가 역모를 꾸몄다는 거지? 너희가 아니라면 누가 음식에 독을 탄 거지?"

"저도 확신을 할 수는 없지만 오늘 저희에게 강제로 휴가를 명하신 여왕님들이 의심스럽습니다. 저희는 정말 아무런 죄가 없습니다. 여왕님이 명령하시는데 어찌 저희가 주방에 남아있을 수 있었겠습니까?"

지후는 망치로 머리를 한 대 맞은 것만 같았다.

지후의 어깨는 축 늘어진 채 허탈하고 처량한 시선으로 아영과 소영을 바라봤다.

이 자리에 있던 이 애기를 듣고 있던 모두의 시선도 두 사람에게 고정 되었다.

지후의 표정에는 원망이 섞여 있었다.

대체 왜 자신을 죽이려 한 것이냐.

믿었던 너희가 어떻게 이럴 수가 있느냐.

아영과 소영의 심정도 지후와 다르지 않았다.

왜 일을 이렇게 키운 거냐.

왜 우리의 말을 먼저 들어보려 하지 않은 거냐.

오해는 걷잡을 수 없이 커졌지만 누군가는 해명을 하고 설명을 해야만 했다.

"지후씨… 오해에요."

"맞아요 오빠. 독살이라니. 무슨 말도 안 되는 소리야!"

"하지만 내가 먹은 음식은 분명…."

"그거 나랑 언니랑 아침부터 지금까지 직접 만든 거라고! 오빠가 악몽을 꾸고 그러니까 아무래도 기운이 허한 것 같아서 우리가 몸보신도 시켜주고 기분도 풀어줄 겸 서프라이즈로 만든 거라고!"

진실을 말해버린 소영은 정말로 속이 시원했다.

하지만 고개를 들 수 없을 정도로 창피해 바로 고개를 숙였다.

"소영이 말이 맞아요. 저랑 소영이랑 결혼하고 한 번도 지후씨한테 직접 요리를 만들어 준 적이 없어서 오늘 지후씨 기운 내라고 직접 요리를 했던 거예요…."

"독이 아니었다고…? 너희가 한 요리였다고…?"

두 사람은 말없이 고개를 끄덕였다.

더 이상 이곳에선 그 어떤 대화도 오가지 않았고 모두가 음식을 바라보며 침묵만이 감돌았다.

지후의 머릿속은 복잡했다.

정녕 자신이 알고 있는 여자들은 요리와 원수라도 진 것인가?

그래도 엄마의 요리는 먹기 싫은 맛이어서 그렇지. 먹을 수는 있었다.

하지만 자신의 두 부인은 사람이 먹을 수 없는 요리를 선보였다.

전쟁 때 이 요리를 적진에 살포하면 어떨까 싶은 그런 요리였다.

그나마 다행이라면 부인들이 요리를 안 해도 사는데 지장이 없는 자신의 사회적 위치였다.

호기심이 문제였을까?

지현은 이 상황을 만든 요리 쪽으로 다가갔다.

그리고 탕수육을 한 조각 집어 소스를 찍은 뒤 입으로 가져갔다.

"아악! 퉤퉤!"

지현이 비명을 지르며 탕수육을 입에서 뱉어냈다.

탕수육은 돌처럼 단단했고 소스에서는 시궁창 맛이 느껴졌다.

지현은 체면도 잊은 채 바닥에 계속 침을 뱉으며 물로 입을 헹궈댔다.

아영과 소영은 저런 행동을 하는 지현이 너무나 얄미웠다.

그래. 솔직히 맛이 없을 수는 있다.

간을 보지 않았으니까.

그런데 저렇게까지 오버할 정도는 분명 아닐 것이다.

이 상황을 만든 지후나 오버를 하고 있는 지현이나.

오늘따라 저 남매가 꼴도 보기 싫을 정도로 미운 두 사람이었다.

폴은 주방직원들에게 죄가 없다는 사실을 알고는 바로 그들의 수갑을 풀어줬다.

그리고 고개를 숙이며 일일이 사과를 했다.

주방직원들은 대체 얼마나 맛이 없기에 이런 일이 벌어진 것인지 궁금해 수갑이 풀리자마자 음식으로 다가갔다.

겉으로 보기에는 아무런 이상이 없는 음식이었다.

아니, 훌륭했다.

그랬기에 주방식구들은 더욱 호기심이 샘솟았고 식탁에 있는 음식을 먹어봐도 되겠냐는 말을 한 뒤에 허락이 떨어지자 바로 맛을 보았다.

그들은 지현처럼 뱉거나 소리를 지르지는 않았다.

감히 여왕의 음식을 뱉는 불경을 저지르지는 않았다.

다만 그런 행동이 그들의 미각을 빼앗아 버렸다.

주방직원들은 자신들의 호기심을 탓하며 입안에 넣은 음식을 꾸역꾸역 삼켰지만 모두가 다리에 힘이 풀린 채 주저앉고 말았다.

삼키는데 모든 힘을 쏟은 나머지 더 이상 서 있을 힘이 없었다.

표정들이 다들 정말 가관이었다.

소리 내어 울지도 못하고 끅끅 거리며 어깨를 들썩이고 있었는데 두 눈에서는 폭포수처럼 눈물이 흐르고 있었다.

그들은 다들 엄선된 요리사들이었고 절대미각을 가진 요리사들이었다.

그랬기에 느끼는 고통은 일반인들의 수십 배로 다가왔다.

혀가 마비되는 것만 같은 맛이었고 도저히 몸에 힘이 들어가지 않았다.

황제폐하가 충분히 독이라고 의심을 할 만한 맛이었고 이 상황이 만들어진 것에 대한 충분한 이해가 갔다.

몇몇은 눈깔을 뒤집고 입가에 게거품을 문 채 기절을 하고 있었다.

마치 생화학 무기가 터진 것만 같은 참담한 현장이었다.

수혁은 상황이 너무나 안타까워 지현에게 힐을 부탁하고 싶었지만 지현의 상황도 말이 아니었다.

아영과 소영은 모두가 자신들을 놀리려는 것이 아닐까?

이 모든 게 몰래카메라가 아닐까 의심스러웠다.

그래서 결국 요리를 만들면서도 맛보지 않았던 자신들의 요리에 손을 댔다.

두 사람은 참아내려고 했지만 참아내지 못했고 결국은 기절을 하고 말았다.

기절하기 전 지후에 대한 원망은 눈 녹듯이 모두 사라졌다.

자신들은 한 입을 먹고도 무너지고 있었는데 지후는

대부분의 요리를 한입씩은 맛봤기 때문이다.

사랑의 힘으로 맛이라도 봐준 지후에게 너무나 고마운 감정과 미안한 감정이 교차하며 느껴졌다.

죽을 때가 다가온 것 마냥 기절하기 직전 두 사람은 그동안 있었던 지후와의 일들이 머릿속에 파노라마처럼 재생되었다.

두 사람이 기절하자 상황은 마무리 되었고 쓰러진 요리사들은 내성수비대에 의해서 빠르게 병원으로 이송됐다.

폴과 수혁은 호기심에 한입 먹어볼까하는 생각이 들었지만 포기했다.

그들은 이성적이었고 굳이 호기심을 충족시키기 위해 모험을 할 필요는 없다는 생각이 들었다.

이미 쓰러진 많은 사람들이 이 음식이 어떤 음식인지 알려주고 있었으니까.

요리사들은 한동안 미각을 잃어 어떤 맛도 느끼지 못했다.

절대 미각이었기에, 워낙 민감한 혀를 가지고 있던 최고의 요리사들 이었기에 그들이 입은 피해는 다른 사람들보다 훨씬 심했다.

그들은 한동안 입원한 병원에서 나오지 못했고 다른 요리사들이 파견되어 한동안 지후의 식탁을 책임졌다.

◆

지후는 예전 단순하고 모두를 경악하게 하던 개상마이웨이 시절로 돌아갔다.

명상이후로 인정할 건 인정하고 마음을 편히 먹으니 자신이 놓치고 있던 것들이 떠올랐다.

지후는 자신이 놓치고 있던 것을 다시 찾기 위해 모니터 앞에 앉았다.

역시 전 세계의 전문가들의 손길을 타서일까?

지구 못지않게, 아니 지구보다 더 빠른 인터넷 속도는 컴퓨터 앞에 앉아있는 지후를 만족시켰다.

그렇게 지후는 다시 전설대전에 빠져들었다.

비워도 너무 비웠다.

아영과 소영은 한 숨이 나왔다.

내려놓으라고 했다고 저렇게 모두 내려놓을 수 있을 줄이야.

스스로를 짓누르던 옷을 벗어버린 지후의 행동은 황제라기에는 너무나 가벼웠다.

하지만 저것이 본래의 지후였기에 아영과 소영은 뭐라고 해야 할지 갈피를 잡을 수가 없었다.

이제 기운을 차린 사람에게 전처럼 고민하면서 무게를 잡으라고 할 수는 없었으니까.

다시 예전으로 돌아간 저 모습을 보고 있자니 뒷목이 쭈뼛 서는 기분이다.

저걸 좋아해야 하는 걸까?

말아야 하는 걸까?

정말 이대로 내버려 둬도 괜찮은 걸까? 또 예전처럼 폐인 짓을 하는 건 아닐까?

지후를 바라보는 아영과 소영의 속에선 만감이 교차했다.

"역시 내 영감의 원천은 전설대전이었어!"

전설대전을 하던 지후는 무언가 아이디어가 떠올랐고 그걸 전설대전 덕으로 여기기 시작했다.

사실 전설대전 덕은 아니었다.

뭐 1%정도의 도움은 받았을 수도 있었지만 딱히….

귀에 걸면 귀걸이, 코에 걸면 코걸이 아니겠는가. 본인이 그렇다는데 그런 거지 뭐 어쩌겠는가.

38. 진격의 나팔

38. 진격의 나팔

기대하진 않았지만 피해갈 수는 없는 두 번째 차원전쟁이 시작하려 하고 있었다.

5분 뒤면 12시가 되고 두 번째 전쟁이 시작될 것이다.

모두가 긴장 속에서 저마다의 각오를 세기고 있었다.

그리고 이지제국의 발아래 뭉친 지구인, 사이런 왕국의 인간, 드워프, 나스크족, 오크, 뱀파이어, 엘프 이렇게 일곱 종족은 눈앞에 보이는 웅장한 성벽에 묘한 눈빛을 보내고 있었다.

아니 성벽 같은 건물은 아니었다.

요새? 아니다.

방패이자 무기였다.

다만 그 크기가 커도 너무 컸다.

지후가 전설대전을 하다가 얻은(?) 아이디어로 만들어진 것이었다.

한마디로 정의하자면 움직이는 성벽이라는 단어가 그나마 가장 적절할 것 같았다.

3m의 폭에 15m의 높이, 그리고 그 길이는 150m나 되었다.

여기에 들어간 무지막지한 재료라면 아마도 지구와 차원전장이 1년은 족히 운영되지 않았을까 싶을 정도로 비싼 금속들과 첨단 추진기들이 장착됐다.

무식하리만치 많은 금속이 들어간 데는 윌슨의 공도 컸다.

지후는 윌슨이 지난번에 보여줬던 누구도 입을 수 없던 갑옷을 이 곳에 접목시켰다.

쓸 일이 있을지 없을지는 모르지만 자폭도 가능했고 정말 성벽처럼 사용할 수 있도록 곳곳은 원거리 공격을 할 수 있도록 구멍이 뚫려 있었고 계단도 있었다.

이지제국의 성벽보다도 더욱 많은 금속이 들어갔고 훨씬 단단했다.

그랬기에 지후의 강기에도 약간의 흠집만 생길정도로 방어력은 무시무시했지만 그 무게 또한 무시무시했다.

이 어마어마한 성벽이 어떻게 움직이겠는가?

직접 끌 수는 없는 일이었고 우주선에서나 쓰일 법한 엔진들이 수천 개나 투입된 끝에 완성될 수 있었다.

사실 지후는 더 크고 웅장하게 만들고 싶었지만 시간이 너무나 부족했다.

이 작업에 투입된 어마어마한 인력들은 촉박했던 시간에 감사했다.

그저 황제가 장난감을 만드는 것으로 밖에 안보였기에.

이번 차원전쟁은 지후가 선택을 할 수 있는 차례였다.

자존심이 상하지만 아직은 세일란 종족과 싸울 때가 아님을 지후는 알고 있었다.

지난번 마찰이 있었을 때 이지제국은 결국 전력을 다해서 승리를 따낼 수 있었다.

다만 그 승리는 적들의 방심과 운이 따른 결과물이었다.

이대로 세일란 족과 싸운다면 필패일 것이다.

적들도 이제는 이지제국의 전력을 모두 파악했을 테니까.

또한 그 끝을 알 수 없었던 숫자의 병력은 전쟁이 시작된다면 분명 인해전술로 이지제국을 압살할 것이다.

노예라고 해서 결코 약하지 않다.

그들도 노예가 되기 전에는 엄연히 차원전쟁에 참여하던 종족이었으니까.

지난번 전투에서 그들이 상상이상으로 강하다는 사실은 뼈저리게 느꼈다.

전쟁기간엔 안전지대도 사라지기에 그들을 피할 방법도 없으니 지금 상황에서 그들에게 도전을 하는 것은 그저 못자리를 봐둔 후에 자살을 시도하는 것과 다를 게 없었다.

이번엔 지후가 선택을 할 수 있는 차례였고 지후는 세일란 종족을 선택할 생각이 없었다.

당장이라도 그들에게 당했던 병사들의 복수와 그 날의 치욕을 갚아주고 싶지만 아직은 아니었다.

그들과의 전쟁은 이번에 이지제국이 승리를 한다면 치르게 될 것이다.

다음 전쟁은 이지제국은 선택을 받아야 하는 입장이고 분명 세일란 족이 이지제국이라는 먹이를 선택할 테니까.

그렇기에 지후는 이번 전쟁을 위해 차원전장 전역으로 드론을 보냈다.

드론을 풀어 선택할만한 적들을 찾아다녔다.

또한 여섯 종족들과 함께 머리를 맞대고 어떤 종족이 나올지 회의에 회의를 거듭했다.

지후는 당장 이길 수 있는 만만한 종족을 선택할 생각이 없었다.

당장 이번전쟁에서의 생존에 급급하기 보다는 앞으로 이지제국이 생존하기 위한 기틀을 만들고 싶었기에 이지제국의 전력을 높여줄 수 있을 만한 종족을 찾고 싶었다.

이지제국은 지금 침체기였고 뭔가 획기적으로 전력을 높일 방법이 필요했다.

그렇지 않다면 다음 전쟁 때 세일란 족에게 분명히 패할 것이 뻔했기에.

전쟁에 승리를 한다고 해도 지금처럼 제대로 사냥을 하지 못한다면 얼마가지 못하고 지구나 이지제국의 경제도 힘들어 질 것이다.

다음 전쟁에서 세일란 족을 이길 수 있을 전력을 만들어줄 수 있을법한 적을 찾는 게 우선이었다.

물론 이번 전쟁에서 최소한의 피해로 승리해야 한다는 전제가 깔려있었다.

그렇기에 지후는 성벽에 무식하리만치 많은 인력과 자원을 투입한 것이다.

몇날 며칠을 밤새도록 드론의 정찰 결과를 보다가 드디어 선택할만한 적들을 찾을 수 있었다.

저들이라면 아마 지금의 이지제국의 무력을 몇 단계 끌어올릴 수 있으리라.

저들과의 전쟁에서 펼칠 이지제국의 작전은 속전속결이었다.

적으로 만나지만 이지제국의 병사가 되어야 할 적이었다.

그렇기에 이지제국과 적들의 피해가 커서는 절대로 안 되는 상황이었고 지후는 속전속결로 몰아친 뒤에 적의 수장을 빠르게 처리할 생각이었다.

두 번째 전쟁이 시작되기 한 달 전에야 윌슨은 지후의 아이디어로 성벽이 만들어지게 되서 개발실을 나올 수가 있었다.

개발실에서 나갈 날만을 손꼽아 기다리며 나가면 모두에게 지후의 만행을 알리고자 했지만 윌슨은 감금되었던 개발실에서 나와서도 지수에게 지후의 만행을 말할 수 없었다.

지후가 들려주는 조작된 녹음파일은 거짓임을 알고 듣는 윌슨조차 진짜가 아닐까 싶을 정도로 정교했고 그 내용은 무시무시했다.

윌슨은 다음을 기약하며 지금은 조용히 복수심을 마음 한 구석에 고이 묻어두었다.

지수가 듣고 오해라도 한다면 쫓겨나고도 남을 내용이 담겨있었기에 지금은 아니었다.

전쟁 2틀 전.

오늘은 그동안 가슴속에 고이 묻어두었던 복수의 칼을 조금이나마 꺼내들 날이었다.

한참 예민한 시기였기에 이래선 안 되는 것이었지만 윌슨은 지후를 이대로 전쟁에 내보내고 싶지가 않았다.

윌슨은 지후라면 분명히 승리할 것이라는 믿음이 있었고 그랬기에 전쟁의 시작 전에 그동안 갈아왔던 칼날을 꺼낼 생각이었다.

사실 전쟁 바로 전날을 디데이로 잡을까 생각도 했지만 그날은 자신과 그러고 있을 시간적 여유가 없을 가능성이 컸고 하루전날이기에 극도로 예민할 수 있다는 생각에 윌슨은 이틀 전으로 디데이를 잡았다.

지후가 오늘만큼은 자신을 거절하거나 피하지 못하리라.

바로 온가족이 모여서 가족식사를 하는 날이었고 여기까지는 윌슨의 생각대로 흘러가고 있었다.

"형님."

"왜?"

"저랑 게임 한판 하실래요?"

"게임?"

"네. 뭐 쫄리시면 안 하셔도 되고요."

온 가족이 기분 좋게 식사를 마치고 일어나고 있었고 윌슨의 도발을 모두가 지켜보고 있었다.

'이 새끼가 왜 이러는 거지? 아직 정신을 못 차렸나?'

"쫄리긴. 아무튼 무슨 게임인데?"

"위너 2018, 축구게임입니다."

"그래. 세팅해봐."

'나도 기본은 한다. 새끼야.'

"형님. 3판 2승?"

"콜. 내기는?"

드디어 물었다. 형님이 저한테 낚시를 비유한 적이 있었던가요? 오늘은 형님이 떡밥을 제대로 무셨어요. 오늘은 형님이 제 어장속의 물고깁니다.

"글쎄요… 소원 하나 어떨까요?"

"오케이 콜."

윌슨은 고개를 끄덕였고 세팅은 순식간에 끝났다.

가족들도 재미삼아 그들의 게임을 지켜보겠다며 자리를 잡고 앉았다.

'나는 축구 종가의 영국왕자다. 위너만큼은 형님에게 질 수가 없지. 무조건 내가 이긴다. 저를 개발실에서 탈탈 털은 것처럼 저는 오늘 형님의 영혼을 탈탈 털어드리죠.'

윌슨의 위너부심은 대단했다. 어려서부터 이 게임만을 했고 여전히 시간이 날 때마다 이 게임을 붙들고 살았기에 위너라는 게임에 대한 자존심은 그 누구에게도 뒤쳐지지 않았다.

윌슨은 바르셀로나, 지후는 레알 마드리드.

지후의 성에서 엘클라시코가 펼쳐지고 있었다.

경기 시작과 함께 윌슨은 지후를 바라보며 입을 털기 시작했다.

본격적인 입 축구가, 아니 입 위너가 시작되었고 지후는 윌슨을 바라보며 조금씩 짜증이 났다.

"내 이름은 리오넬 메리, 내 얘기를 들어볼래?"

윌슨의 입은 쉬지 않고 계속해서 떠들고 있었다.

그리고 집요하리만치 메리라는 캐릭터만으로 레알 마드리드 진영을 유린하고 있었다.

공을 뺏어야 지후도 호롤두를 데리고 뭔가를 해볼 텐데.

윌슨이 잡고 있는 메리라는 캐릭터는 절대로 공을 빼앗기지 않았다.

그렇다고 패스를 하는 것도 아닌 게 개인기로 철저하게 지후를 농락하고 있었다.

윌슨은 입가에 미소를 지으며 광고 속 대사까지 읊으며 지후의 속을 긁고 있었다.

"메리. 나의 영웅. 살아있는 전설. 최고중의 최고.

항상 너처럼 되고 싶었어. 하지만 난 네가 아니야. 난 확인하고 싶어

날 보는 모두의 시선. 난 나만의 걸 만들 거야."

"가볍게~~~~ 툭!"

"고~~~올!"

"형님! 골입니다! 골이에요! 골!"

얄밉다.

정말 너무 얄밉다.

당장이라도 패드를 집어던지고 패버리고 싶다.

지후를 향한 윌슨의 약올림은 계속됐고 그걸 보며 가족들은 재미있다는 듯이 웃고 있었다.

그런 가족들을 보며 지후는 차마 윌슨에게 뭐라고 할 수가 없었다.

가족들의 눈에는 그저 재미였지만 당하고 있는 지후는 전혀 재미있지 않았다.

"메리~~~ 리오네엘~~ 메뤼~~~~"

그 후에도 윌슨의 도발은 계속됐고 어느덧 스코어는 2:0이 되어있었다.

드디어 지후의 호롤두가 공을 잡고 수비진을 돌파하고 있었다.

빠른 스피드와 몸싸움으로 바르셀로나의 수비수 하나를 넘어뜨리고 마지막 한 명의 수비수만을 남겨놓고 있었다.

집중에 집중을 거듭해 겨우 마지막 수비수를 따돌리는 찰나에 그 수비수의 백태클이 호롤두에게 작렬했다.

"이런 씨x 새끼가!"

"형님. 게임은 게임일 뿐입니다. 이것도 다 전술이에요. 너무 열 내지 맙시다. 자꾸 그러면 무서워서 형님이랑 게임하겠습니까?"

지후는 침묵하며 결국 프리킥을 차야했다.

호롤두의 전매특허인 무회전 프리킥이…. 키퍼 옆에 서 있는 수비의 머리에 맞고 튕겨 나왔다.

"제길…."

그와 동시에 바르셀로나의 역습.

"고올!"

"누이마르의 어시스트!"

"메리의 헤트트릭!"

"헤트트리익!"

그냥 패드 집어던질까?

한 대 때릴까?

아…. 뒤에 가족들이 보고 있다.

어머니와 아버지가, 쌍둥이가 보고 있다.

참자. 참을 인 세 번이면 살인도 면한다고 했다. 참아보자.

그렇게 첫 경기가 끝나고 다음 경기는 아르헨티나 대 브라질.

메리 대 노이마르의 경기가 펼쳐졌고 이번에도 지후는 윌슨의 메리에게 강간을 당하며 4:0이라는 치욕을 당해야 했다.

“에이 생각보다 너무 시시하네. 1골은 넣으실 줄 알았는데.”

그렇게 윌슨의 2승으로 승부가 끝났고 윌슨은 의기양양하게 웃으며 지후의 앞으로 왔다.

“형님.”

“왜?”

지후는 기분이 상당히 좋지 않았지만, 당장이라도 윌슨의 멱살을 잡아 메쳐버리고 싶었지만 가족들로 인해 최대한 화를 삭히고 있었다.

“내기는 어떻게…. 혹시 형님 기분 나쁘시면 그냥 없던 거로 해도….”

이 새끼… 나를 엄청 쪼잔한 놈으로 만드네…?

“아니야. 뭔데? 말해봐 빨리.”

“아닙니다. 게임도 져서 기분 안 좋으실 텐데.”

“말해보라니까.”

“그럼 말하겠습니다. 근데 제가 사실 소원이라고 빌 만한 게 딱히 없어서…. 그냥 할 게 없어서 하는 거니까 오해는 하지 말아주세요.”

“알았으니까 빨리 말해.”

"어금니 꽉 깨무세요?"

"뭐?"

"어금니 꽉 깨물고 가만히 있어. 죽빵 한 대만 맞아. 그게 내 소원이야."

그 말과 함께 지후의 얼굴로 윌슨은 주먹을 후려쳤다.

퍼억!

"형님 웃으세요. 가족들이 오해해요."

긴장감이 감도는 가운데 12시가 되었고 지형이 움직이며 지각변동이 일어나기 시작했다.

이번 전쟁에 임하는 여섯 종족의 각오는 남달랐다.

자신들이 처음으로 지후와 함께하는 전쟁이었기에.

특히 엘프들은 지후에게 인정을 받아야만 했기에 다른 종족들보다도 더욱 전장을 향해 살기를 풀풀 풍기고 있었다.

더 이상 그들은 예전처럼 전장에서 여유롭게 담소를 나눌 수 없었고 더는 남들보다 우월한 종족이 아니었다.

자신들이 부리던 노예 종족들과 같은 처지였다.

아니, 분명히 달랐다.

자신들은 노예들을 그저 고기방패로 사용했지만 자신들의 주인인 이지제국의 황제는 그렇지 않았다.

모두를 인격적으로 대해줬고 자신들에게도 만회를 할 수 있는 기회를 줬기에 그것에 부응해야 한다는 마음가짐으로 모두가 제대로 정신무장 중이었다.

지각변동이 끝나자 지후는 바로 드론들을 날려 적의 진영에 대한 위치파악에 나섰다.

드론들은 생명체를 감지하며 전장을 이 잡듯이 돌아다녔고 얼마 지나지 않아 적의 위치를 찾아 낼 수 있었다.

적들의 위치를 파악함과 동시에 드론들이 적들에 의해서 파괴되었다.

하지만 좌표는 이미 지후에게 전송되었고 지후는 바로 전군을 이끌고 출격할 준비를 갖췄다.

4분의 1의 병력만 방어를 위해 남겨둔 채 모든 전력이 순식간에 게이트를 넘어 강습할 생각이었고 그에 맞춰 모든 준비를 마치고 있었다.

"우리는 그동안 수많은 투쟁의 역사를 겪어왔다. 그 역사를 거치고 살아온 게 바로 우리들이다. 그리고 앞으로 우리는 새로운 투쟁의 역사를 쓸 것이다. 자! 이제 우리 모두가 역사의 한 페이지를 장식할 시간이다! 이번 전쟁은 우리가 계획했던 대로 속전속결이다! 모두 적들이 정신을 차리지 못하도록 몰아쳐라! 자~ 이제 진격의 나팔을 불어라!"

뿌~~~~우~~~~!

지후의 말이 끝남과 동시에 요란한 나팔소리가 이지제국에 울려 퍼졌고 지후는 바로 적진을 향한 게이트를 만들었다.

만들어 둔 성벽을 선봉으로 이지제국군이 게이트로 진군하기 시작했다.

적들의 성벽 바로 앞쪽으로 지후의 게이트가 열렸고 적들은 아직 진군을 하지 않은 채 상황을 살피고 있던 상황에서 이지제국을 맞이하게 되었다.

성벽을 방패삼아 이지제국은 적들을 향해 무소의 뿔처럼 전진을 감행했고 성벽의 뒤에 있는 탱크와 장갑차, 미사일 부대에서는 일제히 불꽃을 터뜨리며 적진을 향해 폭격을 시작했다.

콰아앙! 쾅! 쾅! 콰앙!

펑! 퍼엉! 퍼어어엉!

적들은 방어를 할 틈도 없이 이지제국군의 폭격을 정신없이 받아야만 했다.

너무나 갑작스럽게 게이트를 통해 기습을 한 것이었기에 적들은 제대로 된 공격을 할 틈도 없이 거의 그로기 상태에 빠지며 혼란에 휩싸였다.

사실 이런 기습작전이 아니라면 상당히 상대하기 쉽지 않은 적이었다.

적들은 딱 봐도 이지제국보다 훨씬 앞선 과학 기술력을

보유하고 있었고 그랬기에 지후는 이들에게 전쟁을 신청했다.

이들에게 승리하고 이들을 받아들인다면 이지제국은 지금보다 몇 배는 강해질 수 있다는 생각이 들었고 적들의 무기를 보며 그건 확신으로 바뀌었다.

이 폭격 속에 간간히 공격을 하고 요격을 하는 것만으로 적들의 무기가 얼마나 뛰어난지는 충분히 알 수 있었다.

이지제국의 폭격 속에서도 살아남은 적들은 기습을 한 이지제국군을 향해 공격을 시작했다.

하지만 무식한 성벽은 방어력이 뛰어나도 너무 뛰어났다.

성벽에는 마법까지 걸려있었기에 더욱 방어력이 올라가 있었고 적들의 공격은 성벽을 뚫지 못했다.

그럴 만도 한 게 지후는 자신의 강기로도 흠집을 내기 쉽지 않은 무식한 금속들로 이루어진 성벽을 만들었기 때문이다.

지금에 와서는 성벽이라는 말이 맞는 건지 의심조차 든다.

초대형 방패라고 해야 할까?

어쨌든 아군에게는 엄청난 도움이 되고 있었기에 지후의 무의미한 장난감이라고 생각했던 병사들은 역시 황제폐하라며 더욱더 마음속으로 우러러 찬양하고 있었고 성벽은 대히트였다.

자신감이 생긴 이지제국군은 성벽을 전진시키며 전진을 시작했다.

무식한 성벽은 마치 중장비가 지나가는 것처럼 지나가는 자리를 평평하게 쫙 밀어버리며 거침없이 전진하고 있었다.

"적들의 공격입니다."

"어서 막아라!"

"끄아악!"

그 시각 지후는 다른 곳에 게이트를 열었고, 순식간에 적들의 안전지대로 남은 병력을 이끌고 기습을 감행했다.

4분의 1은 이지제국의 안전지대에, 4분의 2는 성벽과 함께 적들의 정문을 뚫고 있었고 지금 지후와 함께 남은 4분의 1의 병력이 또 다른 기습을 감행했다.

갑자기 자신들의 내부에 나타나 공격을 시작한 지후로 인해 적들은 정신을 차리지 못하고 공격을 당해야만 했다.

이제야 전방을 방어하기 위해 병력들이 그쪽으로 몰려가고 있었는데 갑작스러운 또 다른 기습은 적들을 거의 패닉 상태에 빠뜨리기 시작했다.

아무리 무기나 기술이 뛰어나도, 나라가 강하더라도, 일방 병사들까지 그런 것은 아니다.

지후는 그걸 노리고 속전속결로 최대한 혼란을 준 뒤에 빠져나갈 계획이었다.

진영으로 봐서는 서로가 샌드위치가 되어 있었지만 선공을 취한 이지제국의 사기가 훨씬 높았고 적들은 지금 갑작스러운 기습에 정신을 차리지 못하고 일방적인 공격을 받고 있었다.

이지제국군은 처음부터 전력을 다하며 적들을 밀어붙이고 있었다.

"죽어라!"

"너희가 죽어야 우리가 산다!"

이지제국군은 그야말로 쓰나미가 모든 것을 휩쓸고 지나가듯 적들의 진영을 헤집어 놓았다.

물론 언제나 그렇듯이 가장 돋보이는 사람은 지후였다.

칠흑 같은 갑옷과 빛나는 금빛 테두리는 전장에 찬란하게 빛나며 수십 수백의 잔상만을 남기며 적들에게 압도적인 무력시위를 단단히 하고 있었다.

이지제국군은 그동안 훈련했던 대로 진영을 유지하며 적을 공격하고 있었고 적들은 속수무책으로 당하고 있었다.

적들에게 맹폭을 가하고 있을 때 적진에서는 거체를 움직이며 무시무시한 기세로 날아오는 무리가 보이고 있었다.

로봇이라고 해야 할까? 엘프나 드워프들이 말하던 타이탄이라고 해야 할까?

적들의 주력 부대가 이지제국군을 향해 날아왔고 지후는 따까리를 소환했다.

'빠르군.'

최대한 늦게 마주치고 싶었던 존재들이었다.

저들을 얻고자 이들과의 전쟁을 선택한 것이니까.

다행히도 끽해야 스물이 채 안되었다.

더 모이기 전에 격파해야만 한다.

더 나타나면 전투가 힘들어 질게 뻔하니까.

"포메이션 C!"

지후의 말에 모두가 빠르게 방어대형을 취하며 방패수들의 뒤로 몸을 피했다.

'빨리도 나타났다 했더니 생각만큼 강한 녀석들은 아니로군.'

자고로 진짜 강한 것들은 엉덩이가 무거운 법.

지금 나타난 것들은 그저 이지제국 병사들의 무력을 알아보려는 용도일 뿐이었다.

아직 진짜들은 모습을 드러내지도 않았다.

지후는 아공간에서 무언가를 꺼내 따까리 앞에 내려놓았다.

따까리는 앞에 놓인 무기를 집어 들며 앞쪽에 있는 스물의 로봇들을 바라봤다.

지후는 이번 전투에 임하기 전 중요 포인트로 따까리의 활약을 꼽았다.

따까리와 그들의 크기가 비슷했기에.

그렇기에 따까리의 힘을 최대한 아끼면서 싸우게 하기 위해 지후는 따까리가 사용할 수 있는 무기를 특수제작 했다.

따까리의 왼손에는 머신건, 오른손에는 레일건이 들려있었고 순식간에 적들에게 쏘아져 나갔다.

총알 한발 한발의 크기가 어지간한 사람보다도 컸기에 그 위력은 정말 대단했다.

머신건에서 불을 뿜을 때마다 '탕' 소리가 아닌 '쾅' 소리가 울렸고 스물의 로봇들은 그 위용에 제대로 공격한번 못해본 채 산산조각이 날 수밖에 없었다.

쾅! 쾅! 쾅! 쾅! 쾅! 쾅! 쾅! 쾅! 쾅! 쾅!

따까리의 머신건이 휩쓸고 지나간 자리는 그야말로 초토화였다.

따까리는 자신의 후방에서 접근중인 아군의 성벽이 있을 방향을 향해 머신건을 쏘기 시작했고 엄청난 흙먼지를 일으키며 성벽을 공격하려던 적들을 유린했다.

콰아아아아아아아아아아아아앙!

뿌연 흙먼지로 도배된 전장이 그 위력을 얼마나 대단한지 말해주고 있었다.

드디어 진짜들이 움직이기 시작했다.

지후는 적들의 진영을 관찰하며 이들이 어떤 적들인지 단숨에 알 수 있었다.

일단 적들의 종족을 둘이었다.

그들은 운이 좋게도 지후와 같이 2승을 노리고 있었다.

둘 다 처음 차원전쟁을 치룬 것인지 그들의 노예는 한 종족뿐이었다.

움직이는 기체나 기체의 스타일이 달랐기에 그들이 다른 종족이라는 사실을 어렴풋이 알 수 있었다.

사실 두 종족 다 겉으로는 인간과 다르지 않아 보였다.

노예로 보이는 종족은 그들보다 약간 과학기술이 떨어져 보였지만 이지제국보다는 높아 보였다.

별들의 전쟁이라는 게임에서 보단 테런 종족과 비슷 하달까?

승리를 한 지후가 전투를 신청한 종족은 흔히 말하는 건 x 같은 거체를 움직이고 있었다.

그들의 앞선 과학문명을 이지제국이 얻는다면 지금보다 단숨에 몇 배는 강해질 수 있을 것이다.

그리고 세일란 족과도 제대로 한판 붙어볼 수 있을 것이다.

본격적으로 양쪽 진영에서 불꽃이 오가기 시작했고 지후는 더 이상 내부를 흔들지 않고 게이트를 열었다.

계획했던 대로 이제는 이곳에서는 빠져야할 타이밍이었다.

이번에 연 게이트는 성벽을 이끌고 전진중인 곳으로 통했고 지후의 게이트를 통해 이지제국군은 순식간에 뒤로 물러났다.

목욕탕의 탕에서 물이 순식간에 빠져나가는 것처럼 이지제국의 병사들은 게이트를 통해 순식간에 적진을 빠져나갔고 적들은 그 모습에 분노를 터뜨렸다.

그 순간 적들을 향해 따까리의 레일건이 요격을 시작했고 머신건은 적들이 접근하지 못하도록 견제를 시작했다.

흙먼지가 일어나며 시야가 교란됐고 그 틈에 게이트에서는 엄청난 수의 드론들이 쏟아져 나왔다.

속전속결과 최소한의 피해로 해결하기 위해 지후는 무인드론을 투입했고 드론들은 적들의 기체로 날아가 자폭을 시도했다.

퍼엉! 펑! 펑 펑! 펑! 펑!

마치 하루살이 때가 습격을 하듯 드론들은 적들을 향해 달려들었고 적들의 기체에서 폭발을 했다.

고작 드론으로 공격해봐야 얼마나 피해를 입혔겠냐고?

그렇게 볼 수도 있지만 드론들이 자폭을 한 지점이 적들에게는 너무나 치명적인 위치였다.

드론들은 적들의 관절이나 무기에서 자폭을 시도했고 드론들의 자폭에 적들은 기동력을 잃기 시작했다.

지후와 따까리는 드론들에게 맡기고 더 이상 남은 병사들이 없는 것을 확인하자 마지막으로 게이트를 향해 몸을 날렸다.

게이트를 통해 한참 진군중인 성벽이 있는 곳으로 간 지후와 따까리는 성벽의 꼭대기에서 공격을 시도했다.

따까리는 머신건과 레일건으로, 지후는 강기로 적진을 향해 공격을 난사하기 시작했다.

적진에서도 계속 미사일과 레이저 등 어마어마한 공격이 날아왔지만 성벽 뒤로 몸을 숨기고 있는 이지제국군의 피해는 미미했다.

애초에 방어력만 무식하게 만든 성벽이었고 지금 마법이 가능한 종족들은 모두 성벽에 마력을 불어넣으며 실드 유지에 온 힘을 쏟고 있었다.

또한 그들을 위해 엄청난 마정석이 투입되고 있었기에 아직까지 성벽은 적들의 공격에서 건재했다.

갑작스럽게 서로를 공격중인 양측 진영사이로 엄청난 빛이 떨어졌다.

빛과 함께 엄청난 폭발이 일어났고 그 폭발로 인해 양측 진영의 교전이 멈추고 있었다.

콰아아아아아앙!

◆

"그만!"

휘황찬란한 갑주로 도배하고 있는 따까리보다도 두 배는 더 커 보이는 기체가 하늘에서 내려왔고 지후가 있는 성벽을 바라보고 있었다.

기체의 가슴이 벌어지더니 한 사람이 모습을 드러내며 지후를 향해 입을 열었다.

"나는 아스코드 차원계의 황제, 샤인이다."

지후는 따까리의 머리위에 올라서며 입을 열었다.

"이지제국의 황제인 이지후다."

"난 전쟁이라지만 이런 무의미한 전쟁을 해야만 하는 상황이 마음에 들지 않는다. 그대의 병력들을 봤을 때 그대도 백성들을 노예라며 막 부리진 않은 것 같다만. 내 판단이 틀렸나?"

제법 판단력이 좋네.

하지만 수작질일지도 모르는데 많은 대화는 삼가야겠지.

"어차피 서로를 죽여야만 하는 사이에 이런 대화는 별로 내키지 않아서 말이야. 그냥 본론만 말하지?"

"까칠하군. 그럼 제안하나 하지. 너와 나 우리 둘의 승부로 모든 걸 끝내는 게 어떻겠는가? 무의미하게 백성들이 죽는 게 난 별로 내키질 않아서."

"만약 내가 거절한다면?"

"그럼 뭐 어쩔 수 없지. 나도 그냥 죽어줄 생각은 없으니 모두를 이끌고 싸워야겠지. 설마 잠시 기선제압을 했다고 해서 너희들이 우리보다 강하다고 착각하는 건 아니겠지? 진짜 우리의 전투는 아직 시작도 안 했다고."

젠장. 허세로는 안 보이네.

그래. 어차피 너와 내 생사가 모두의 운명을 쥐고 있으니까.

그게 그나마 서로 피해가 적고 좋은 방법이겠지.

뭐 나도 바라던 상황이고.

"그럼 그렇게 하지. 그럼 너와 나 우리 둘이 맨몸으로 붙는 건가?"

지후는 적이 발을 딛고 있는 웅장한 기체를 빤히 바라보면서 말을 하고 있었다.

"설마 내가 내 기체를 안타고 맨몸으로 싸울 거라고 생각하는 건 아니지?"

역시…. 안 되나보네.

저 기체에서 느껴지는 포스가 장난이 아닌데.

"뭐 그냥 물어 본거야. 그런데 내가 밟고 있는 이 녀석도 너랑 마찬가지로 내 기체야. 다만 너처럼 직접 조종은 안 하지만."

"그 정도야 나도 인정하지."

지후는 고개를 끄덕였고 두 사람은 본격적인 전투 준비를 하기 시작했다.

"마지막으로 한 가지 부탁이 가능하겠나?"

"하…. 또 뭔데? 요구가 너무 많다는 건 알고 있나?"

"그건 정말 미안하게 됐군. 하지만 들어 줬으면 좋겠군. 너와 나의 승부로 이 전쟁은 끝난다. 그럼 패자의 종족은 노예가 되겠지. 네가 나에게 패하더라도, 내가 너에게 패하더라도, 우리 서로의 종족을 노예로 대하지 않는 게 어떻겠나?"

이 새끼 이제 보니까 좋은 놈이네.

딱히 꿍꿍이가 있어서 나랑 단 둘이 싸우자던 건 아니었나본데.

정말로 백성들을 위하고 있다니.

멋있는 건 자기가 다하네.

멋있는 건 네가 해라. 대신 날 실리를 챙길 테니.

네 병력들은 내가 앞으로 좋은 일에 써줄게.

"그렇게 하지."

"네 진영에 여러 종족들이 함께 싸우는 모습을 보고 혹시나 하고 짐작은 했지만 나 말고도 너 같은 놈이 있었을 줄이야."

"이하동문이다."

두 사람은 더 이상의 대화는 생략한 채 전투를 시작했다.

따까리와 지후는 샤인이 타고 있는 기체를 향해 동시에 덤벼들었다.

느낌적인 느낌이랄까?

지후의 본능이 쉽지 않은 적이라고 말하고 있었고 지후는 마치 건x처럼 보이는 로봇에게 따까리와 함께 공격을 날렸다.

콰아앙!

따까리와 지후는 처음부터 전력을 다해 샤인에게 달려들었다.

따까리가 우측을 지후가 좌측을 점하며 황금빛 권강을 샤인의 기체를 향해 휘둘렀다.

하지만 샤인의 기체는 아주 조금 뒤로 밀렸을 뿐, 엄청난 충돌음에 비해 피해는 전무했다.

지후와 따까리의 공격을 막아낸 양팔이 움직이더니 엄청난 기세로 따까리와 지후를 공격했다.

쇄아악!

마치 공기를 가르는 듯한 소리와 함께 엄청난 속도로 주먹이 휘둘러지기 시작했다.

워낙 거체의 로봇이었기에 느릴 거라 예상했지만 그 예상은 보기 좋게 빗나갔다.

빨라도 너무 빨랐다.

그리고 얼마나 발전된 기술인지 그 움직임은 사람이라고

해도 믿을 정도로 부드러웠다.

따까리는 샤인의 공격을 되도록 피하거나 흘려보내고 있었지만 샤인의 공격과 함께 일어나는 파공음만으로도 샤인이 얼마나 위험한 상대인지 알 수 있었다.

단 한번만 정통으로 공격을 허용한다면 따까리는 지후의 아공간으로 강제로 돌아가야 할 정도의 무시무시한 공격이 계속해서 이어지고 있었다.

지후와 따까리는 방심하지 않고 합공을 하며 적을 야금야금 상대하고 있었다.

아무래도 따까리의 몸이 크다 보니 지후와 다르게 점점 피해가 누적되고 있었다.

결국 지후가 앞으로 나서서 탱커 역할을 하고 따까리가 다시 장비를 들고 원거리에서 공격을 하는 방향으로 전술을 수정했지만 샤인의 기세는 장난이 아니었다.

샤인의 기체는 따까리의 공격을 별것 아니라는 듯이 피하거나 막아냈다.

그 와중에도 샤인은 지후를 향한 공격을 멈추지 않았고 지후는 점점 수세에 몰리고 있었다.

"크윽."

지후의 입에서 전투 중에 신음소리가 나온 적이 언제였던가?

지후는 샤인의 공격을 흘려보냈지만 모두 흘려보낸 것이

아닌 건지 지후의 내부에도 적지 않은 충격이 느껴졌다.

소울아머를 입고 있는 지후의 내부까지 적의 공격의 위력이 전달 된 것은 이번이 처음이었다.

마치 지후를 압사하려는 듯한 느낌의 충격이 소울아머 속의 지후를 강타했고, 순간 지후는 자신의 전신에 있는 솜털이 쭈뼛 서는 듯한 느낌에 바로 샤인을 바라봤다.

충격에서 빠져 나오기도 전에 다시 내려쳐지는 샤인의 주먹에 지후는 재빨리 바닥을 구르며 샤인의 공격을 간신히 피해냈다.

체면 따위는 필요 없었다.

당장 저 공격을 받으면 다음은 없을 것 같다는 느낌이 강하게 들었고 지후는 본능적으로 바닥을 굴렀다.

콰앙!

마치 핵미사일이 터지는 것 마냥 샤인이 주먹을 내리친 자리가 튀어 오르며 엄청난 충격파를 전장으로 퍼뜨렸다.

소울아머에서 보여 지던 검은 광은 더 이상 볼 수 없었다.

전신에 묻은 흙은 소울아머 특유의 음험한 빛을 완벽히 지워버렸다.

이 새끼…. 자신의 실력에 나만큼이나 프라이드가 높았던 놈이었어. 그래서 나와 일대일 승부를 보려던 거였고.

자신에 대한 믿음과 자신감이 있었던 거였어. 이건 세도 너무 세잖아. 샹!

지후의 마음속에는 속았다는 감정이 강하게 들었지만 만약 이들과 전면전을 벌였다고 생각한다면 분명 피해가 컸을 것이다.

중요한 사실은 자신이 긴장감을 느낄 정도로 샤인이 강하다는 사실이었다.

이런 적과 전면전을 벌인다?

병사들보고 그냥 나가 죽으라는 소리다.

그렇게 생각하니 지후는 오히려 샤인에게 고마운 마음이 들 정도였다.

물론 그 고마운 마음은 오래가지 않았다.

지후가 요리조리 피하는 것이 짜증이 난 것인지 따까리가 쏘아대는 머신건과 레일건에 짜증이 난 것인지 샤인의 기체에서도 포문이 열리더니 지후를 향해 폭격을 가하기 시작했다.

콰아아아아아앙! 쾅쾅쾅쾅쾅! 퍼어어어어엉!

엄청난 위력의 미사일과 레이저 세례에 지후는 정신이 날아갈 것만 같은 기분을 느꼈다.

피하고 피해도 끊임없이 날아오는 공격은 지후가 정신을 차릴 틈을 주지 않았다.

한방 한방의 위력이 따까리의 공격과는 비교조차 할 수

없을 정도로 강했고 그 공격에 지후는 도저히 틈을 찾을 수 가 없었다.

이형환위와 천왕보를 적절히 섞어 간신히 피해내고는 있었지만 그 폭발력만으로도 소울아머의 영혼력이 빠르게 소모되고 있었다.

힘겹게 공격을 피해내고 있는 지후를 보자 따까리는 양손에 쥐고 있던 머신건과 레일건을 내려두고는 자신보다 커 보이는 대검을 쥐었다.

지후가 미끼가 되어 폭격을 받는 틈에 따까리는 샤인의 뒤쪽으로 돌아갔고 바로 지금 대검을 든 채로 샤인의 등 뒤에 나타났다.

따까리는 샤인의 등을 향해 대검을 힘차게 찔러 넣었지만 그 공격은 실패로 돌아갔다.

샤인의 레이더에는 따까리가 등 뒤로 접근하는 것을 사전에 알려주고 있었고 모든 대비가 되어있었다.

따까리가 검을 찌를 때 거의 동시라고 할 정도의 타이밍으로 샤인의 등에선 기관총이 나왔고 따까리를 향해 일제히 발사되었다.

미끼는 지후가 아니었다.

샤인 자체가 미끼가 되어 따까리를 유도한 것이었다.

따까리는 샤인의 갑작스러운 공격에 제대로 방어도 하지 못하고 속수무책으로 당할 수밖에 없었다.

펑! 펑! 퍼퍼퍼퍼퍼퍼퍼퍼펑!

샤인의 등에서는 따까리를 향해 쉬지 않고 기관총이 쏘아지고 있었고 따까리의 몸은 순식간에 처참하게 부서지고 있었다.

지후는 따까리의 기운이 약해지는 것이 느껴졌지만 여전히 틈을 주지 않는 샤인의 폭격에 따까리를 도우러 갈 수가 없었다.

단 한 번의 공격실패에 따까리는 결국 지후의 아공간으로 강제 역소환 될 수밖에 없었고 지후는 이제 따까리 없이 홀로 샤인을 상대해야만 했다.

"빌어먹을…."

지후의 심정은 정말 빌어먹을 이었다.

이대로 가다간 저 무지막지한 폭격의 소용돌이에 산화될 것만 같은 기분이었다.

충격파라도 적으면 모를까.

소울아머가 아니었다면 지금쯤 지후는 산화되어 있었을 것이다.

이 무식한 공격은 충격파만으로도 소울아머의 영혼력을 엄청나게 갉아먹고 있었다.

'이대로 가다간 개죽음이다.'

하지만 뚜렷한 방법이 도무지 생각나지 않았고 지후는 그저 요리조리 피해 다닐 뿐이었다.

이지제국의 병사들은 둘의 전투를 보며 착잡한 마음이 컸다.

일방적인 공격이 계속되고 있었고 지후의 모습은 이제 보이지도 않고 있었다.

그저 폭격이 계속되니 아직은 우리의 폐하가 살아있구나 싶었을 뿐.

슬슬 지후의 인내심에는 한계가 찾아왔고 이대로 피하기만 하는 것은 자신의 스타일이 아니라는 생각이 들었다.

'그래. 죽더라도 원 없이 싸우다가 죽어야지. 저렇게 큰 샌드백이 있는데 이렇게 도망만 다니는 건 아니지.'

이대로 뒈지면 너무 쪽팔리지 않겠어?

그동안 쌓아온 가오가 있지.

이판사판이라는 생각이 들자 더 이상 샤인의 공격을 피하지 않고 지후는 전신으로 내공을 방출하며 전력으로 몸을 날렸다.

찬란한 황금빛 빛줄기가 샤인을 향해 쏘아져 날아갔고 갑작스러운 공격에 샤인은 다급하게 손을 들어 지후의 공격을 막아냈다.

콰앙!

지후의 공격에 샤인이 약간 멈칫하며 뒤로 약간 물러났고 그 틈에 지후는 샤인을 향해 강기의 비를 퍼부었다.

"너도 처먹어봐!"

지후는 방금까지 겪었던 폭격에 대한 울분을 토해내듯 샤인을 향해 강기와 심검의 비를 끊임없이 퍼부었다.

어느새 샤인은 폭격을 멈췄고, 양팔에는 지후의 공격을 막기 위해 큼지막한 방패가 둘러져 있었다.

그동안 지후가 보여주던 강기와는 질적으로 달랐다.

지후는 충분한 내공을 강기와 심검에 쏟아 부었고 그 공격에 샤인은 방패를 들고 몸을 웅크린 채 막아내고 있었다.

하지만 지속된 공격에 방패에는 균열이, 그리고 방패를 들고 있는 양팔은 점점 힘에 밀리며 틈이 벌어지고 있었고 그 틈을 비집고 지후의 공격들이 적중하기 시작했다.

콰앙! 쾅! 쾅! 쾅! 쾅!

댐에 생긴 미세한 구멍이 댐을 무너뜨리듯이 한번 공격이 들어가기 시작하자 샤인의 방어는 흔들리기 시작했다.

지후는 지금 신이 났다.

공격이 제대로 들어가고 있었고 아까 당했던 폭격의 설움을 반대로 돌려주니 기분이 좋았다.

샤인의 화려했던 기체에는 지후의 공격으로 인해 흠집과 그을린 자국들이 점점 늘어만 갔다.

"이건 따까리의 몫이다!"

퍼엉! 펑! 펑! 펑펑펑!

지후는 세이버 팔찌에 저장된 내공을 한껏 끌어 쓰며 샤인에게 계속 강기를 날리며 몰아붙였다.

샤인도 지후와 같은 생각이었는지 갑자기 대검을 꺼내 들며 지후의 강기를 그냥 몸으로 막아내며 지후에게 돌진했다.

샤아악!

공간이 갈라진 것만 같았다.

그와 함께 날아든 소닉붐과 풍압은 이 전투를 지켜보던 병사들에게 엄청난 피해를 안겨줬다.

다행이라면 양쪽 진영의 가운데로 떨어졌기에 충격파만 맞았다는 점이었달까?

저걸 정면으로 맞았다면…. 생각도 하기 싫은 일이 벌어졌을 것이다.

충격파만으로 양쪽 진영은 순식간에 아수라장으로 변해 버렸다.

지후는 간담이 서늘했다.

저 무지막지한 대검은 지후에게는 검이라기 보단 해머였다.

아마도 베어지는 게 아니라 으스러지리라.

샤인과 지후의 전투를 보고 있자면 마치 인간과 파리의 싸움 같은 느낌이었으니까.

샤인도 지후의 강기의 폭우에 적잖이 화가 난 것인지 지후가 샤인에게 했던 것처럼 신경질적인 공격을 지후에게 퍼부었다.

서로가 서로에게 치명적인 공격을 하고 있었다.

서로의 장점이 전혀 달랐다.

지후는 샤인의 기체의 주먹보다도 작았고 샤인의 공격을 잘 피해내며 조금씩 야금야금 공격하고 있었다.

반면 샤인은 한번만 걸리면 뼈도 추리지 못할 무시무시한 공격을 하고 있었고 샤인의 대검이 만들어 내는 풍압만으로도 소울아머속의 지후의 간담을 서늘케 했다.

쉬이이익!

샤인의 대검은 지후의 잔상만을 가르며 지나갔고 지후는 이형환위로 샤인의 머리를 내려치고 있었다.

콰앙!

샤인의 기체 미간이 움푹 파이고 찌그러지며 고개가 뒤로 젖혀졌지만 샤인의 어깨에 달려있는 레일건은 지후를 향해 조준을 하고 있었다.

퍼엉! 펑! 펑펑!

지후를 향해 조준된 레일건은 푸른빛을 남기며 지후에게 적중했다.

'소울실드!'

지후는 다급하게 소울실드를 사용했고 혹시나 하는 생각

에 소울실드의 바깥쪽에는 호신강기를 둘렀다.

파아아아아앙! 팡! 팡팡!

겨우 막아내기는 했지만 그 위력에 속이 진탕되는 것만 같은 기분을 느낀 지후는 이를 악물며 계속 공격을 이어갔다.

콰직! 쾅! 퍼어어어어엉!

둘의 격돌은 차원전장에 계속해서 울려 퍼지고 있었고 충격파로 인해서 양측 진영은 더 이상 구경을 하지 않고 거리를 벌렸다.

갈수록 거세지는 충격파로 인해 자칫 잘못하면 휩쓸릴 것 같아 지켜보고 싶은 마음을 꾹 참아내며 양쪽 진영은 거리를 벌리며 물러났다.

한 시간 가량을 둘은 무식하게 치고받았다.

샤인은 쉬지 않고 레이저와 미사일들을 날리고 대검을 휘두르며 지후를 공격했고, 지후도 강기를 날리고 권강을 가득 머금은 주먹을 휘두르며 응수했다.

지후는 한곳만 노리며 기회를 노리고 있었다.

물론 티가 나면 안 되기에 전체적으로 공격하며 티가 나지 않도록 심혈을 기울였다. 안 그래도 가장 단단한 그곳을 샤인이 신경 쓰기 시작하면 지후가 생각했던 계획을 모두 변경해야 했기에.

일단 당장은 샤인이 휘둘러대는 대검을 멈출 필요성이 있었다.

당장 불이 붙은 저 기세를 꺾어놓지 않는다면 전투가 상당히 힘들어 질 것을 그동안의 경험으로 충분히 알고 있었다.

쾅! 쾅! 콰아앙! 콰아아앙!

샤인의 대검과 지후의 주먹이 부딪치며 불꽃을 번쩍이고 있었다.

샤인의 기체에 비하면 지후의 주먹은 좁쌀 같은 크기였지만 그 주먹이 샤인의 대검을 맞상대하고 있었다.

지후의 주먹에는 샤인의 대검을 막아내기 위해 내공이 집중되어 있었다.

이토록 섬세하게 내공을 컨트롤해보는 건 지후도 정말 오랜만이었기에 엄청난 집중을 필요로 하고 있었다.

샤인도 지후도 생각보다 결과가 나오지 않고 장기전이 될 조짐을 보이자 조금씩 조바심이 생기고 있었다.

하지만 이럴수록 평정심을 유지해야 한다.

약간의 조바심이 고착상태에 빠진 이 상황을 끝내버릴 테니까.

둘은 긴장감을 놓지 않고 집중을 유지하며 공방을 계속해나갔다.

그 상태로 두 시간이 더 흘렀고 둘은 조금씩 지쳐갔다.

지후와 샤인, 누가 더 지쳤냐고 묻는다면 샤인이 지후보다 더 지쳐있었다.

직접 육체를 사용해서 싸우는 지후가 더 힘들어 보였지만 그건 소울아머에 묻은 흙먼지 때문일 뿐.

소울아머 속의 지후는 여전히 크게 지치지 않았다.

소울아머의 영혼력이 지후의 체력과 내공을 계속 채워주고 있었고 지후에게 이런 전투는 처음이 아니었기에 여전히 지후의 집중력은 흐트러지지 않았다.

반면 샤인은 이런 고도의 집중을 요구하는 장기전에 익숙하지 않았다.

자신의 기체라면 언제나 빠른 시간 내로 결과가 나왔고 샤인은 황제지만 파일럿 이었다.

체력을 위한 운동을 하기는 하지만 지후처럼 전문적으로 몸을 쓰는 사람은 아니었고 시간이 지날수록 샤인의 집중력이 조금씩 흔들리고 있었다.

자신의 한계가 곧 온다는 생각에 샤인은 결국 지후를 향한 승부수를 먼저 던져버렸다.

샤인이 자신의 기체를 믿고 방어를 도외시 한 채로 오로지 공격만을 강행하기 시작했다.

갑작스럽게 무시무시한 공격들이 이어지자 지후도 잠시 당황했지만 빠르게 정신을 다 잡고 집중했다.

전투라면 이골이 난 지후였기에 갑작스러운 샤인의 공세 전환에 샤인의 상황을 짐작할 수 있었다.

'체력이 안 되는 거겠지.'

지후는 소울아머 속에서 미소를 지으며 샤인의 상황을 짐작했다.

조금만 더 버티면 된다.

조금만 더 시간을 끌면 분명 기회는 자신에게 온다.

물론 저 무식한 공격을 버텨냈을 때의 얘기지만.

콰앙! 펑!

"크윽."

샤인의 대검을 막아낸 뒤에 이어진 레일건 공격에 지후는 간신히 피해내며 직격을 피해 빗맞았지만 구토가 나올 것만 같은 충격을 받았다.

충격에 잠시 주춤거리는 사이, 샤인의 기체는 그 큼지막한 발로 축구공을 차듯이 힘껏 내질렀다.

피하기에는 이미 너무 늦어버린 상황이었기에 지후는 찰나의 순간 호신강기와 소울실드를 펼쳐 샤인의 발차기를 막아냈다.

퍼어엉!

샤인의 발차기에 지후는 축구공이 날아가듯 멀찌감치 날아갔고 공이 튕기듯이 바닥에 튕기며 흙먼지를 일으키고 있었다.

"으아악!"

지후의 입에선 비명소리가 나오고 있었다.

어찌나 비명소리가 컸던 것인지 전장에 지후의 비명소리

가 쩌렁쩌렁하게 울렸다.

다급하게 펼친 호신강기와 소울실드는 유리잔처럼 순식간에 산산조각 났고 지후는 샤인의 발길질에 저만치 날아가 바닥을 구르고 있었다.

기체를 조종하던 샤인은 지후의 비명소리에 슬슬 끝이 보인다는 듯이 미소를 짓고 있었다.

샤인은 이제 이 전쟁을 끝낸다는 마음을 먹었고 지후를 향해 남은 대부분의 에너지와 미사일을 방출하며 폭격을 감행했다.

십분 정도가 지나자 흙먼지 속에서 미동도 하지 않고 쓰러져 있는 지후가 샤인의 눈에 들어왔다.

샤인은 기체 속에서 미소를 지으며 쓰러져 있는 지후의 앞으로 가볍게 날아갔다.

장기전이 익숙지 않아서 일까?

샤인은 지후의 비명소리에 너무 빨리 긴장의 끈을 놓고 승기에 취해버렸다.

신중하게 사용했어야 할 미사일과 에너지를 낭비해 버렸다.

사실 지후는 샤인이 들으라고 일부로 큰 소리로 비명을 지른 것이었다.

물론 속이 진탕되는 고통이 느껴졌고 아픔을 느낀 건 사실이었지만 그렇게 큰 소리를 지르며 고통에 몸부림칠

정도의 고통은 아니었다.

소울아머는 영혼력이 남아있는 한 지후의 몸을 상하도록 두지 않으니까.

물론 샤인과의 전투로 인해 대부분의 영혼력을 사용해 버렸지만 아직 소울아머는 정상적으로 작동하고 있었다.

그런데 왜 시체처럼 늘어져 있냐고?

그래야 물고기가 방심하고 낚시 바늘을 물지 않겠는가?

힘차게 물어야 바늘에서 빠져나가지 못할 것이고.

지후는 샤인을 상대로 낚시질을 하고 있었고 이왕 낚시를 한 거 온몸을 불살라 제대로 연기를 해주었다.

이런 연기야 지후의 전공분야 아니겠는가?

예전에도 혼자서 국민을 상대로 열연을 펼쳤었는데.

이런 열연을 봐주는 사람이 샤인 뿐이라는 게 조금은 아쉬웠지만 이길 수만 있다면 그거면 된 거다.

지후는 샤인의 폭격을 소울아머의 영혼력과 세이버 팔찌의 내공으로 간신히 막아내며 버텼다.

영혼력이 조금만 부족했다면 아마도 이번 공격에 지후가 쓰러졌을 것이다.

하지만 지후는 버텨냈고 이제 반격을 할 차례였다.

샤인의 기체는 여유롭게 지후가 있는 곳에서 지후를 내려다보고 있었다.

기체 안에서 샤인이 승리에 도취된 채 신나게 웃으며

기뻐하고 있을 모습이 상상이 되었고 지후는 빅엿을 남길 준비를 마치고 있었다.

샤인은 대검을 땅을 향해 양손으로 잡은 채로 지후를 향해 내리찍었다.

"잘 가라. 이지제국의 황제여. 이지제국의 백성들은 내가 약속대로 우리 국민들과 대등하게 대우해 주겠네."

샤인의 말은 스피커를 통해 전장에 울려 퍼졌고 미동도 하지 않고 있는 지후를 향하고 있었다.

그 순간 미동도 하지 않고 있던 시체와 다름없던 지후가 몸을 일으키며 샤인을 향해 가운데 손가락을 펼치고는 입을 열었다.

"좆까 새끼야! 이제부턴 내 차례다!"

갑자기 일어난 지후로 인해 샤인은 너무나 당황스러웠다.

이게 대체 무슨 일이란 말인가? 죽기직전의 상태라고 생각했는데 저런 쌩쌩한 목소리라니.

도저히 마지막 발악으로는 보이지 않는 지후의 모습에 샤인은 당황스러운 기분이 들었지만 그 기분을 느낄 틈조차 지후는 주지 않았다.

순간 땅 속에서는 샤인의 대검 못지않은 크기의 심검이 두 개나 땅을 뚫으며 솟구쳐 나왔고 그 검은 대검을 내리찍고 있는 샤인의 기체 양팔을 잘라 버렸다.

사아악.

너무나 부드럽게 지후의 심검은 어떤 저항도 없이 양팔을 갈랐고 양팔과 대검이 방향을 잃은 채 허공으로 떠올랐다.

잘려버린 양팔과 함께 대검은 큰 소리를 내며 바닥으로 떨어졌다.

쿠우웅.

거기서 끝이 아니었다.

지후의 공격은 이제부터가 시작이었다.

지후는 순식간에 엄청난 양의 강기를 만들어내더니 양팔이 잘려 속이 훤히 들여다보이는 샤인의 양쪽 어깨를 향해 생성해 낸 강기를 모조리 날려 보냈다.

기체의 내부에서 연이어 터지는 폭발소리가 들리고 있었고 그 소리와 함께 샤인의 기체는 발작을 일으키듯 요동치고 있었다.

지후의 공격에 샤인의 기체 내부는 상당부분 망가져 제 기능을 상실하고 있었고 결국 샤인의 기체는 바닥을 향해 쓰러지고 있었다.

지후는 그 모습을 보며 세이버팔찌에 있는 남은 내공과 자신의 내공을 일으켜 샤인이 떨어뜨린 대검을 이기어검으로 움직였다.

지후는 샤인과 공방을 벌일 때부터 티가 나지 않게 집요하게 노렸었던 곳을 향해 샤인의 대검으로 이기어검을 펼쳐 샤인의 기체를 향해 찔러 넣었다.

그동안 지후의 공격이 누적되어 그곳은 균열과 흠집이 많이 나있었고 지후가 펼치는 이기어검에 아무런 저항도 없이 속수무책으로 뚫릴 수밖에 없었다.

샤인이 비명을 지를 틈조차 존재하지 않았다.

지후의 이기어검은 샤인의 콕핏을 단숨에 꿰뚫었다.

자신의 기체가 사용하던 대검에 의해 샤인은 저항도 하지 못한 채 콕핏에서 이등분이 될 수밖에 없었고 기체의 폭발과 함께 시체도 남기지 않고 산화되어 갔다.

"잘 가라. 샤인. 약속대로 너희 백성들은 내가 요긴하게 써줄게."

39. 여유

39. 여유

드디어 전쟁은 끝났고 대지가 진동하는 듯한 엄청난 함성소리가 차원전장에 울려 퍼졌다.

드론은 충격파로 인해 가까이 접근할 수 없었고 워낙 먼 거리에서 촬영을 했기에 지구에서 이 전쟁을 지켜보던 사람들은 흙먼지가 가득한 화면이나 실루엣 정도밖에 보지 못했다.

하지만 지후가 적의 황제를 죽이고 승리를 했다는 사실이 아나운서를 통해 전해졌고 지구 전역엔 환호성과 함께 밤하늘을 빼곡하게 수놓는 폭죽이 터졌다.

이번 전투의 피해는 차원전쟁이라고 생각할 수 없을

정도로 적었고 결과는 대승이었다.

물론 전쟁에 피해가 전무할 수는 없었고 희생이 있었지만 오늘의 전쟁이 차원전쟁이었다는 것을 생각하면 피해라고 말할 수 없을 정도로 미미했다.

반대로 적들의 피해는 제법 있었다.

이지제국의 초반러시에 의해 적지 않은 피해를 입은 적들이었지만 피해상황에 비해서 사망자가 많지는 않았다.

그들은 방어력이 매우 뛰어난 슈트를 입고 있었고 지후는 드론으로 자폭을 할 때도 그들을 행동불가 상태로 만들기만 했지 죽이거나 하지는 않았었다.

지금처럼 승리 후에는 다 이지제국의 병사들이 될 사람들이었고 이지제국을 강하게 만들 무기였으니까.

아스코드 차원계의 종족들은 모두가 허망하다는 표정을 지으며 지후가 있는 곳으로 걸어왔다.

원래 전쟁이란 허무한 것이다.

패자에게는 더욱 더 가혹하고.

그들은 지후가 자신들의 황제와 했던 약속을 지키지 않으면 어떡하나 하는 심정으로 지후를 바라봤다.

약속을 지키지 않는다면 자신들은 소문으로만 듣던 노예가 되어 고기방패가 될 테니까.

아스코드 차원계의 노예로 있던 종족들도 이지제국의 황제를 바라보며 불안한 눈빛을 보내고 있었다.

정말 좋은 주인을 만났다고 생각했었는데 그저 몇 달의 신기루였다.

제발 이전만큼은 아니더라도 자신들을 고기방패로만 쓰지 않았으면 하는 심정을 담아 지후를 바라봤다.

지후는 오늘의 일등공신이었던 성벽에 올라 새로 이지제국에 편입될 백성들을 바라봤다.

"나는 이지제국의 황제 이지후다."

지후가 잔잔한 목소리로 말문을 열었다.

하지만 모두가 들을 수 있도록 내공을 펼쳐 공간을 장악하고 있었기에 잔잔한 목소리였지만 모두가 듣는데 문제는 없었다.

"나는 지구라는 곳에서 차원전장에 왔다. 지구에는 무수히 많은 전쟁과 투쟁의 역사가 있었다. 그리고 그 누구도 몇 백 개의 나라를 홀로 다스린 자는 없었지. 그런데 바로 너희들의 눈앞에 그런 황제가 있다! 모두가 내 밑으로 생존을 위해, 함께 투쟁하기 위해 모였지. 살아있으니까. 살아야 하니까. 오늘 합류한 너희들이나 앞으로 합류할 다른 종족들이나. 난 모두를 평등하게 대할 것이다. 솔직히 그동안 너희들의 황제가 너희를 어떻게 대했는지 나는 모른다. 나쁘지 않았다는 건 짐작이 가는데 내가 그걸 그대로 할 생각은 없거든. 나는 나만의 방식으로 너희를 모두와 함께 살 수 있도록 만들어 줄 것이다. 스스로를 노예라고 생각하지 마라. 너희들은 앞으로 이지제국인이 될 것이다. 비록 삶의 터전을 잃고 차원전장에서 살게 됐지만 이곳에서라도 제대로 숨을 쉬고 편히 살 수 있도록 최대한 도와줄 것이다. 앞으로 나는, 그리고 우리는 계속 전투를 할 테고 승리를 할 것이다. 너희들은 패배로 인해서 어쩔 수없이 나와 함께 하게 됐지만 나는 그것 또한 인연이라고 생각한다. 좋든 싫든 피할 수 없는 일이지. 앞으로도 너희와 비슷한 상황의 다른 종족들이 전쟁에서 우리에게 패하고 합류할 것이다. 처음엔 적으로 만나겠지만 영원한 적은 아니지. 너희와 내가 그런 것처럼. 너희와 우리가 융화되고 너희는 선배로서 그들을 융화시켜야 한다. 그렇게 우리는 계속 살아남을 것이고 승리할 것이다."

강제로 우리를 이 전장으로 내 몰았던 빌어먹을 신들에게 빅엿을 먹일 방법은 그것 뿐 이니까.

난 끝까지 살아남아 볼 생각이거든.

지후는 일단 그들의 차원영지를 자신의 성이 있는 곳과 가장 가까운 쪽으로 이동시켰다.

다른 종족들이 불만을 가질 수도 있는 일이지만 지후는 아랑곳하지 않고 행동했다.

그들의 문명은 지구나 그 어떤 곳보다도 뛰어났기에 앞으로의 발전을 위해서도 이지제국의 수도가 있는 지후의 성과 가까운 것이 맞았다.

다음 날 지후는 그들의 영토를 둘러보며 그들의 과학기술이 지구보다 몇 세대나 앞서 있다는 사실을 알 수 있었다.

지구의 기업들은 그들의 소문을 듣고는 긴장을 할 수밖에 없었다.

지구의 최신형 물건이 그들이 만들어 낸 물건 앞에선 고철일 뿐이었으니까.

지후는 그들의 무기들과 로봇 등 무장상태를 살펴본 뒤에 남몰래 가슴을 쓸어내렸다.

만약 그들과 전면전을 했다면 지구가 졌거나 치명적인 피해를 입고 상처만 남은 승리를 거뒀을 것 같다는 생각이 들었기 때문이다.

샤인의 말대로 그 날 봤던 그들의 모습은 정말 일부분일 뿐이었다.

지후는 샤인이 자신과 일대일 승부를 한 것이 천운이었다는 사실을 알 수 있었고 샤인에게 감사한 마음에 앞으로도 그들의 종족을 차별하는 일이 없도록 돌보겠다는 생각이 들었다.

지후는 그들의 무기를 바라보며 이제는 세일란 족에게도 질 거라는 생각이 들지 않았다.

새로 합류한 종족들의 문명은 이지제국의 무장상태를 몇 계단이나 단숨에 상승시킬 수 있을 정도로 어마어마했다.

무기나 로봇들도 상당히 도움이 되었지만 당장 도움이 되는 것은 그들의 위성이었다.

그들은 차원전장에도 위성을 50개나 쏘아 올려 두고 있었고 그것은 앞으로 사냥을 하거나 정찰을 하는 데 있어 이지제국에 큰 도움이 될 것이었다.

다만 전투기나 탱크의 숫자가 상당히 적었는데 대신 그것을 대체할 수 있는 로봇들이 많이 있었다.

물론 정말 너무나 좋지만 쓸모없는 기술들도 있었다.

'이야~ 이정도 과학기술이라면 지구에서 당장 우주도 나갈 수 있겠네.'

그런데 이제 와서 우주를 뭐 하러 나가냐.

차원도 합쳐지고 자원은 모두 이곳에 있는데.

이제 와서 우주가 무슨 의미가 있겠어.

그냥 우주에서 경치를 보는 용도 외에는 우주선도 쓸모가 없겠는데.

그렇게 1주일이 흘렀고 휴가를 받았던 이지제국의 병사들이 모두 복귀한 뒤 훈련에 박차를 가하고 있었다.

본격적으로 아스코드 차원계의 무기들로 훈련을 시작했고 사용법들을 빠르게 익혀나갔다.

기술자들은 그들과 함께 새로운 것을 만들어내기 위한 연구에 매진했다.

그들의 앞선 기술과 이지제국의 마법공학의 만남은 지금도 엄청난 아스코드산 무기의 위력을 두 배 이상 끌어올렸다.

계속된 훈련과 미래를 위한 대비를 위해 지후는 사냥터를 폐쇄시켰고 그에 기업들은 반발했다.

하지만 오래가지는 않았다.

그들이 반발을 해봐야 지후에게는 씨알도 먹히지 않았다.

지후가 sns를 통해 살기 싫으면 계속 짓거리라며 막말을 쏟아냈기 때문이다.

어차피 차원전쟁에서 살아남지 못하면 너희는 노예가 된다.

그럼 누구한테 물건을 팔 거냐? 자원채취가 무슨 의미가 있나?

나야 죽으면 끝인데 너희는 노예로 살아야 해서 참 안타깝다.

그래서 어떻게든 승리하기 위해서 내가 아등바등 거리면서 살길을 찾기 위한 훈련을 시키는 것이다.

앞으로 불만을 얘기하는 기업은 내가 죽고 노예의 삶을 살고 싶은 것이라고 생각하겠다고.

몰락을 원하는 것이니 숨을 쉴 가치도 없다고.

그러니 자신이 죽여주겠다는 무시무시한 멘트를 sns에 서슴지 않고 올렸다.

그 결과 기업들의 반발을 언제 그랬냐는 듯이 싹 사라졌고 훈련은 아무런 문제없이 진행됐다.

그렇다고 기업들이 아주 놀기만 하는 것은 아니었다.

이지제국은 계속 개발이 진행 중이었고 이제는 지구의 인구보다 3배 이상 많은 인구가 이지제국에 거주 중이었기 때문이다.

또한 다른 종족들이 만든 물건이나 그들의 문화가 지구에 빠르게 전파되고 있었기에 최대한 많은 것을 선점하기 위한 기업들의 움직임은 하루하루가 분주했다.

특히나 이번에 합류한 인간들은 지구보다 훨씬 앞선 기술을 가지고 있었기에 이대로라면 지구의 기업들이 망할지도 몰랐기에 무언가 대안이 필요했다.

너무나 수준차이가 컸다.

아니 격이 다르다고 해야 하나?

삐삐와 최신형 스마트폰의 차이?

아니, 실제적으론 그것보다도 더욱 많은 차이가 벌어져 있었다.

그런 발전된 문명에서 살던 사람들이 지구의 기업들이 담합을 하고 금전적으로 사기를 치려고 한다고 한들 속아 넘어 가겠는가?

황제는 그런 문제에 있어서는 투명하고 평등했기에 아무리 상대가 황제와 같은 지구인이라고 해서 그들은 기업들에게 호구 짓은 당하지 않았다.

어차피 시간이 지난다면 누구라도 그들과 계약을 할 것이고 머지않아 지구도 변화할 것이기에 지구의 기업들이 태도를 바꾸는 것은 얼마 걸리지 않았다.

먼저 선점해서 그들과 공생을 하지 못한다면 분명히 저들의 기술력 앞에서 자신들의 기업들은 휴지조각이 될 테니까.

물론 욕심만 줄인다면 지구의 기업들도 충분한 이익을 얻을 수 있었고 실제적으로는 서로 윈 윈 이었다.

차원전장 내에 관광지 건설도 순조롭게 진행되고 있었고 아스코드 차원의 기술력 덕분에 이지제국은 지구보다도 훨씬 살기 좋은 환경과 첨단시설들로 새롭게 변화하고 되었다.

아직 완벽하게 보급이 끝나지 않은 이지제국의 파워슈트는 아쉽게도 생산을 멈출 수밖에 없었다.

아스코드 차원계의 슈트의 성능이 워낙 뛰어났기에, 안타깝지만 생명이 걸린 문제이니 지후는 생산 중이던 파워슈트의 생산을 중지시킬 수밖에 없었다.

그렇다고 바로 아스코드인들의 슈트로 대체하지도 않았다.

일단 생산된 아스코드산 슈트와 이지제국산 슈트는 사용을 하기로 하고 더 이상 생산을 하지는 않았다.

왜냐하면 아스코드인들의 과학기술과 이지제국의 마법 공학이 합쳐지며 새로운 것들을 개발 중이었기 때문이다.

그동안 생산된 무구들을 폐기하거나 하지는 않았다.

아까워서가 아니다.

시간이 없기 때문이다.

생산된 아스코드산 무구들에는 마법진을 세기며 화력을 높였고 이지제국산 무구들에는 아스코드산 무기들을 장착하며 위력을 높였다.

물론 둘의 장점만을 취합한 새로운 무구가 개발되고 있었지만 그것들이 완성되기까지 시간이 너무 촉박했다.

3차 차원전쟁을 거의 앞둔 시점에야 완성이 될 것 같았고 생산을 하고 보급까지 하려면 더욱 많은 시간이 걸릴 예정이었기에 일단은 아스코드산 무기와 이지제국산 무기의 위력을 업그레이드 한 상태로 3차 전쟁을 치룰 예정이었다.

새로 개발 중인 무기를 들고 3차 전쟁을 하게 된다면 병사들의 생존율도 더욱 올라가고 수월했겠지만 그건 현실적으로 불가능했고 업그레이드 된 무기만으로도 일단은 충분히 만족스러운 성능이었다.

아마도 3차 차원전쟁에 세일란 족은 이지제국을 선택할 것이다.

피할 수 없는 선택이고 더 이상은 그들을 피할 이유가 없었다.

더는 세일란 족과의 전쟁이 두렵거나 겁나지 않았다.

이제 남은 건 훈련을 통해 하나 된 이지제국의 복수의 칼을 세일란 족에게 찔러 넣는 것이었다.

지후는 하루빨리 그날이 오기만을 기다리며 병사들의 훈련을 지켜봤다.

지후는 아영과 소영을 데리고 지구로 휴가를 떠났다.

이지제국도 빠르게 발전을 하고 있었지만 문화시설이나 관광지는 여전히 개발 중이었기에 이지제군은 심심한 감이 있었다.

그곳에 거주중인 다른 사람들이야 훈련을 받거나 일을 하느라 지후처럼 심심함을 느낄 여유가 없었지만 지후는 달랐다.

모든 업무를 떠넘기고 여유로웠다.

지난번에 내면에 자라고 있던 심마를 잘라낸 뒤로는 전투에만 최적화된 황제라는 제대로 된 포지션을 찾았고 예전보다 더욱 생활에 여유가 넘쳤다.

그러니 매일 게임을 하거나 TV를 보면서 뒹굴 거리는 게 일상이었다.

부인들과 세계적인 관광지나 유적들을 돌아보며 휴가를

즐겼지만 점점 힘들어 지는 자신을 발견하고 휴가의 방향을 바꿨다.

세계적인 관광지와 유적을 보는 게 뭐가 힘드냐고?

복에 겨웠다고?

맞다. 복에 겨웠다.

하지만 지후는 그런 것에 관심을 두는 성격이 아니었고 그의 눈에는 다 고만고만하게만 보였다.

역시 휴가는 리조트에서 편하게 놀고먹으며 TV를 보는 것이라며 지후는 두 사람을 끌고 리조트로 향했다.

3일을 리조트에서 나가지 않고 먹고 자고 뒹굴자 아영과 소영은 인내심의 한계가 오기 시작했다.

"오빠. 언제까지 리조트에만 있을 거야?"

여기까지가 끝인가 보오.

더는 못 참겠으니까 나가자는 거겠지.

진짜 움직이기 싫은데.

나가봐야 내리쬐는 태양 때문에 뜨겁기만 한데.

정말 나가기 싫은데… 그러기엔 두 사람 표정이 너무 안 좋네.

"그럼 여기 밑에 수영장이라도 갈까? 아니면 마사지?"

"이미 언니랑 나랑 다 갔다 왔거든."

"……."

뭐라고 말을 해야 하지?

여기서 하는 대사가 진짜 중요한데.

잘못 말하면 또 어디 박물관 같은 곳이나 들어가서 지루한 시간을 보내야 하는데.

걷는 건 정말 딱 질색인데.

“지후씨. 아무리 리조트라지만 이렇게 방안에만 있는 게 어떻게 휴가에요? 이럴 거면 집에서 그냥 있는 게 낫죠.”

나도 그냥 집에 있고 싶었지.

사실 휴가도 오기 싫었어.

내가 전설대전 하는 거 보기 싫어서 너희가 휴가가자고 졸랐잖아. 내가 모를 것 같아?

알면서도 속아준 거야.

그런데 이렇게 재미없을 거라고 내가 상상이나 했겠어?

결국 두 사람의 성화에 시달리며 지후는 리조트에서 나와야 했다.

지후는 두 사람과 함께 워프를 시도했다.

목적지는 미국의 디즈니랜드.

그래! 놀아주마! 어디 지칠 때까지 타봐라!

“그런데 오빠.”

“왜?”

“무슨 놀이동산에 사람이 하나도 없어? 혹시 주변에 무슨 일이라도 생긴 거 아냐?”

“당연히 없어야지. 오늘 하루 내가 빌렸는데.”

물론 돈은 안냈다.

나 그 정도 권력은 되잖아?

죽어라 싸웠는데.

내가 싸우지 않으면 이 놀이동산도 사라졌을 거니까.

"헐…."

네 남자가 이정도야 라는 당당한 표정으로 지후는 두 사람을 바라봤다.

"뭔가…. 좋아하긴 해야 할 것 같은데…. 이상하게 기분이 묘하네요."

"그러게… 분명히 놀이동산을 통째로 빌렸으니 좋아해야 하는데… 사람이 안 보이니 흥이 안 나네…."

"제 말이 그 말이에요."

뭐가 이렇게 복잡해?

너희들 여유롭게 놀라고 내가 직접 전화까지 걸었는데.

"지금이라도 사람들 받으라고 할까? 그럼 사람들 엄청 몰려들 텐데. 그리고 우리들 사진 찍고 막 귀찮게 할 테고. 분명 줄도 엄청 오랫동안 서서 놀이기구도 얼마 못 탈 테지."

"그건 싫은데…."

"그러게…. 사람들이 몰리면 신경 쓸 게 너무 많아지니까… 오늘 화장도 잘 안 먹었는데."

대체 어쩌라고?!

왜 이랬다가 저랬다가 왔다 갔다 하니?

"오빠 성의도 있는데 오늘은 그냥 놀아요. 언니."

"그래. 지후씨 성의도 있는데 오늘은 그냥 놀자. 빨리 놀고 우리가 다른 데로 가면 사람들도 충분히 이용가능할거야."

"언니~ 완전 좋은 생각!"

다른 데라니! 난 반댈세! 그냥 오늘은 여기서 끝내!

4시간. 정확히 4시간이었다.

디즈니랜드의 모든 놀이기구를 다 타보는 데 걸린 시간은 4시간이었다.

1분도 쉬지 않고 스파르타식으로 놀이기구를 탈 줄이야.

아영과 소영은 지치지도 않는지 여전히 쌩쌩한 모습을 보였고 지후의 얼굴에서 한 번도 본적 없었던 다크써클이 희미하게 보이는 듯 했다.

지후는 피곤한 마음이 들었지만 부인들이 하자는 데로 몸을 맡겼다.

포기하면 편하니까.

하지만 오늘 하루를 돌아보면 포기한건 결코 편하지 않았다.

오랜만에 제대로 된 한식이 먹고 싶다고 해서 지후는 두 사람과 워프로 대한민국의 전주로 향했다.

식사를 마친 뒤에 셋은 영화관으로 향했다.

꼭 보고 싶은 영화가 있다나?

물론 영화관에도 사람은 세 사람 뿐이었다.

지후가 화장실을 가는 척 하고는 영화관에 전화를 해서 기존 예약자들을 모두 취소시켜 버리도록 한 것이었다.

지후는 부인들과 함께 편안하게 영화를 봤지만 정말 재미가 없었다.

영화의 장르는 로맨틱코미디였다.

정말 더럽게 재미없었다. 재미를 상실한 영화였다. 대체 어느부분에 코미디가 있다는 건지.

아영과 소영은 뭐가 재미있다고 깔깔대며 웃었고 마지막엔 눈물까지 흘리며 영화에 몰입하고 있었다.

잠을 전혀 안자도 아무런 문제가 없고 졸리지 않은 지후의 육체가 이 영화를 보고 있자니 이상반응을 일으켰다.

자꾸만 무거워지는 눈꺼풀로 인해 잠이 들지 않기 위한 자신과의 사투를 상영 내내 치열하게 벌인 지후였다.

영화관에서 나와서도 두 사람은 영화 얘기로 한참을 이어갔다.

도무지 이해하고 싶지도 이해할 수도 없는 기분이 드는 두 사람의 행동에 지후는 속으로 한숨을 내쉬었다.

이제 다음 코스는 어디냐?

지후는 두 사람에게 눈빛으로 묻고 있었고 둘은 지후의 팔짱을 끼곤 지후를 끌고 노래방으로 들어갔다.

그나마 영화보다는 나았다.

아영과 소영이 몇 곡 부르나 했지만 노래방은 곧 지후의 콘서트 장으로 바뀌었다.

예전에 예능 프로그램에 출연해 잠깐 불렀던 노래가 큰 화제가 된 적이 있었다.

그랬기에 지후가 자신에게 불러주는 노래가 두 사람은 너무나 듣고 싶었고 좋아하는 노래들을 계속 예약하며 지후에게 노래를 부르도록 시켰다.

대장정의 시간이었다.

3시간이 넘도록 혼자 노래를 불렀다.

잠깐의 쉬는 시간도 없이 예약된 노래들의 전주는 흘러나왔고 지후는 쉬지도 않는 자신의 목을 원망하며 열창을 거듭했다.

"오빠! 완전 최고!"

"지후씨~ 너무 멋있어요!"

이건 콘서트가 아니었다.

장기자랑.

아니, 재롱잔치였다.

시간이 지날수록 지후는 쌔한 느낌이 들었다.

자신이 왠지 호스트가 된 것만 같았고 아영과 소영이 자신에게 팁을 줄 것만 같다는 생각이 지후의 머릿속에 맴돌았다.

"다음 곡은 좀 더 애절하게 불러줘요. 그거 제가 진짜 좋아하는 노래거든요."

뭘까?

마이크를 던지고 나가고 싶은데 왜 나는 또 목에 핏대를 세우고 열창을 하고 있는 걸까?

"오빠 이번에는 프로포즈하는 느낌으로 사랑스러운 눈빛과 함께!"

진짜… 나 뭐하니…?

신세 한탄을 하면서도 요구조건을 충실히 수행하는 지후는 오늘밤 에이스 호스트였다.

전날 워낙 열심히 놀았기에 세 사람은 다음 날 늦은 오후가 되어서야 호텔 방을 나올 수가 있었다.

지후는 오늘은 어제처럼 당하지 않으리라 마음을 먹었고 두 사람을 데리고 제주도로 향했다.

제주도로 향한 지후는 두 사람과 함께 한라산을 올랐다.

두 사람은 등산이 내키지 않았지만 지후가 하자는 것이니 어쩔 수없이 따랐다.

사실 지후도 등산을 싫어한다.

그것도 엄청.

그런데 왜 하냐고?

아영과 소영도 지후 못지않게 등산을 싫어한다는 사실을 지후는 알고 있었고 그래서 등산을 선택했다.

어제 열창을 하게 만든 것에 대한 쪼잔하고 소심한 남자의 복수였다.

마력이나 보법을 사용하지 않고 등산을 했기에 아영과 소영은 꾀나 힘들어 했고 자정이 다 되어서야 정상에서 내려 올 수 있었다.

땀에 절어 있는 아영과 소영을 보며 지후는 기분이 좋았다.

부인들에게 방안에서 뒹구는 휴가가 얼마나 좋은 것인지 충분히 알려준 것 같아 뿌듯했다.

내려가는 길에 들려오는 물소리에 세 사람은 잠시 내려가던 발걸음을 멈추고 물소리가 들리는 곳으로 발걸음을 옮겼다.

어두워서 잘 보이지는 않았지만, 아니 보이지만 무시했다.

물소리가 나던 곳은 계곡이었고 수영금지라는 표지판이 세워져 있었지만 지후는 본 척도 하지 않고 계곡 앞으로 걸어갔다.

"이야~ 시원하겠다. 우리 저기 들어가서 수영이나 하고 갈까? 난 땀 좀 식힐 겸 들어갈래."

"지후씨. 땀 안 흘리잖아요."

맞다. 내공을 안 쓴다고 겨우 이정도 등산에 땀을 흘릴 몸이 아니었지.

"나 말고 너희가 흘렸잖아. 너네 둘 다 겨터파크 개장했던데 빨리 들어와."

지후는 입고 있던 옷을 주섬주섬 벗으며 두 사람을 보며 씨익 미소를 짓고 있었다.

"뭐라고요!"

"어쩔 수 없다고요! 오빠가 마력을 못 쓰게 막아 놨잖아요!"

아! 등산 전에 내가 마력을 못 쓰도록 점혈 했었지.

풍덩!

지후는 두 사람을 무시하며 계곡으로 뛰어 들었다.

"우와아아아~ 대박! 완전 시원해!"

아니 뼛속까지 시리도록 차가워!

내 몸에 시원한 정도니까 너희한테는 그럴 거야.

"지후씨. 여기 수영금지예요. 걸리면 어쩌려고요."

"걸리면 걸리는 거지. 내가 법인데 누가 나한테 뭐라고 해?"

"오빠! 미쳤어? 사람들 보면 어쩌려고!"

"걱정하지 마. 내가 주변에 기감을 펼쳐봤는데 근처에 아무도 없어."

"벌써 그걸 알아봤어? 아무튼!"

소영은 싫다는 듯이 투덜거리고 있었지만 등산을 하며 워낙 많은 땀을 흘려 당장이라도 계곡에 몸을 담그고 싶은 마음이 간절했다.

겨터파크는 특히 찝찝하겠지. 향기까지 날 수도 있으니까.

"들어와 빨리!"

우리 야외에서 해본 적 없지?

아영과 소영은 주변에 아무도 없다는 지후의 말에 안도했고 빨리 이 찝찝한 몸을 씻고 싶었기에 옷을 벗기 시작했다.

지후는 두 사람을 바라보며 흐뭇한 미소를 짓고 있었다.

"보지 마요!"

보지 말라며 아영과 소영은 몸을 가리는 시늉을 했다.

이미 볼 거 안 볼 거 다 본 사인데 세삼 왜 저러는 건지.

그런데 보… ㅈ…. 뭐라고?

농담이다 농담. 진짜로.

"하루 이틀 본 사이도 아닌데 새삼스럽게 쑥스러운 척은."

"이 사람이!"

두 사람은 빠르게 옷을 벗은 뒤에 계곡으로 뛰어들었다.

풍덩!

뼈마저 얼려버릴 듯한 계곡물은 지후에게는 적당한 청량감과 개운함을.

마력을 봉인당한 아영과 소영에겐 뼈가 시리도록 차가운 느낌을 주었고 두 사람은 물이 너무나 차가워 지후에게 몸을 밀착할 수밖에 없었다.

알몸의 남녀가 밀착하니 심장은 요란하게 뛰었고 추위는 점점 사라져만 갔다.

계곡물은 달빛에 반사되며 아영과 소영에게 촬영장에서 반사판을 들고 있는 스탭들의 도움이라도 받은 뽀샤시한 모습을 자연적으로 연출하며 지후를 진정한 자연인으로 만들어주고 있었다.

조용한 달밤에 인적이 없는 계곡.

자연 속에서 아무것도 걸치지 않은 채 물놀이를 즐기니 더욱 신난다고 해야 할까?

어린아이가 된 것 마냥 세 사람은 신나게 놀았고 야외에서의 낭만도 제대로 만끽했다.

들리는 소리는 오로지 세 사람의 심장소리와 격한 숨소리, 규칙적이게 들리는 살과 살의 마찰음뿐이었다.

셋은 해가 떠오를 때까지 낭만을 즐겼고 지후는 이곳으로 누구도 접근할 수 없도록 진법을 펼쳤다.

40. 리벤지 매치

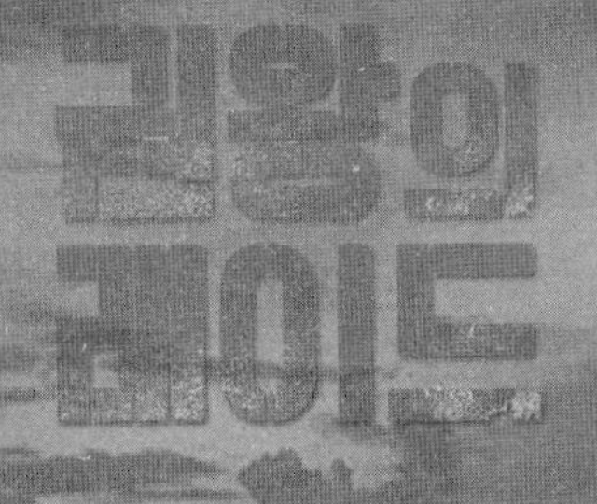

40. 리벤지 매치

혹시나 했지만 역시나, 세일란 족의 여왕은 차원 전쟁의 상대로 이지제국을 지목했다.

예상했던 상대와의 예정된, 피할 수 없는 전쟁이 시작되고 있었다.

지금 이 순간 지각의 대변동과 함께 3차 차원전쟁이 시작되고 있었다.

지후는 어느덧 8명으로 늘어난 영주들을 한 번 바라본 뒤에 병사들을 바라봤다.

병사들의 기세를 보자 지후의 입 꼬리가 살짝 올라가고 있었고 잘 무장된 병사들에게 딱히 할 말은 없었다.

병사들은 모든 준비가 끝났다는 눈빛을 보내고 있다.

무슨 말이 필요하겠는가?

이 이상 말해봐야 잔소리일 뿐이다.

전투 전 잔소리는 오히려 사기를 저하시킬 수가 있었다.

이지제국의 병사들은 지난번 치욕을 잊지 않고 있었고 그동안의 훈련과 업그레이드된 무기들은 세일란 족을 상대로도 전혀 주눅이 들지 않도록 충만한 자신감을 심어주고 있었다.

오늘의 복수를 위해 그토록 힘들게 훈련을 했던 것이다.

동료의 비명을 듣고도 도망을 쳐야만 했던 자신이 그렇게 원망스럽지 않을 수가 없었다.

동료의 죽음을 무시하고 살아남았기에 그들의 몫까지 더욱 열심히 훈련했다.

미친 듯이 훈련을 해야만 그 비명소리가 들리지 않았으니까.

혹시라도 꿈에 나오지 않을까 싶어 기절 직전까지 몸을 혹사시켰다.

비로소 오늘, 드디어 그날의 일을 끝낼 때가 왔다.

오늘은 바로 그 동료들의 넋을 위로하는 진혼제가 열리는 날이다.

병사들은 살기어린 눈빛으로 흉흉한 기세를 풍기며 지후의 명령만을 기다리고 있었다.

작전이라고 해봐야 어렵지 않았다.

이미 해봤던 작전이기에.

일단 시작은 2차 차원전쟁 때 사용했던 초반러시였다.

성벽은 지난번보다 더욱 강화되고 커졌다.

거기에 아스코드산 무기까지 설치했기에 이제는 성벽이 아닌 이동요새라고 부르는게 맞았다.

드디어 전장에 풀어둔 드론들이 적의 위치를 보내오고 있었다.

세일란 족의 노예들은 무력은 강했지만 이런 기술력이 없었기에 전장으로 뿔뿔이 흩어지며 이지제국의 위치를 찾아 나섰다.

혹시나 했지만 위성은 차원전쟁 중에는 큰 도움이 되지 않았다.

바뀐 지형으로 인해서 위성과 거리가 멀어졌기에 도움을 받을 수가 없었다.

하지만 드론들도 충분히 업그레이드가 되었기에 문제는 없었다.

세일란 족의 노예들은 이지제국을 찾으려는 것인지 전장의 구석구석으로 뿔뿔이 흩어지고 있었다.

그것을 보며 지후는 생각보다도 일이 쉬워질 수도 있다는 생각에 입가에 미소를 지을 수밖에 없었다.

실시간으로 보내오는 드론의 정보를 토대로 지후는 타이

밍을 재고 있었다.

세일란 족의 본진과 노예들의 거리가 충분히 멀어지자 지후는 게이트를 열며 병사들을 향해 입을 열었다.

"이제부터 리벤지다! 난 복수를 약속했다. 그리고 오늘! 그 약속을 지킬 것이다. 내 백성을 도륙했던 적들을 처참하게 죽여 버릴 것이다. 그들의 피와 비명으로 우리를 지켜보고 있을 동료들에게 진혼제를 올려줄 것이다!"

자비도 동정도 필요 없다. 오늘만큼은 우리가 약속했던 피의 복수를 해야 한다.

모두의 심장이 같은 생각을 하며 뛰었고 빨리 적들을 죽이게 해달라며 피가 달아오르고 지고 있었다.

게이트가 완벽하게 열리자 이동요새를 필두로 로봇기사단과 탱크와 장갑차 그리고 병사들이 빠르게 게이트로 뛰어 들었다.

이지제국을 찾기 위해 많은 노예들이 전장으로 뿔뿔이 흩어지고 있었고 본진에는 세일란 족과 약간의 노예들 뿐이었다.

갑작스러운 게이트의 등장과 그곳에서 쏟아져 나오는 이지제국의 군인들로 인해 남아있던 세일란 족과 노예들은 당황을 면치 못했다.

전쟁터에서 당황하는 적만큼 좋은 먹잇감은 없었고 이지제국의 군인들은 게이트를 나옴과 동시에 적들을 향한 파상공세를 퍼부었다.

피슈웅~

쾅!

탕탕탕탕탕탕탕!

콰아아아아앙~

업그레이드된 이지제국의 무기들은 압도적인 위력을 뽐냈다.

갑작스러운 폭격에 세일란 족은 당황한 듯 괴성을 질러댔지만 폭격과 총알세례는 좀처럼 멈출 기미가 보이지 않았다.

이동요새는 세일란 족의 본진을 향해 거침없이 질주하기 시작했다.

업그레이드가 된 이동요새는 이동속도도 제법 빨랐기에 막고 있는 모든 것을 뭉개버리며 적진 깊숙이 전진했다.

전진 중에도 폭격은 계속 이루어지고 있었기에 적들은 이동요새를 막아설 여력이 없었다.

그들의 장점은 접근전인데 접근 자체가 불가능하니 제대로 된 공격을 할 수가 없었고 그 많은 노예들은 지금 이지제국의 본진의 위치를 찾기 위해 뿔뿔이 흩어져 있었다.

돌아오라고 신호를 한다고 한들 당장 무슨 수로 돌아오겠는가?

이런 상황을 만들기 위해 지후는 드론으로 노예들의 위치를 수시로 확인했고 어느 정도 거리가 멀어지자 게이트를 열고 기습을 감행한 것이었다.

세일란 족의 주변에는 더 이상 자신들을 치료해줄 먹이가 없었고 그들은 괴성만을 지르며 폭염에 휩싸여 죽어갔다.

순식간이었다.

그 말밖에 이 상황을 표현할 방법이 없었다.

오늘 이순간만을 기다리며 땀을 흘렸던 이지제국의 병사들은 질풍처럼 그들의 본진을 초토화시켰고 단숨에 세일란 족의 여왕이 있는 곳까지 당도했다.

노예들에게 빨리 돌아오라고 신호를 보냈지만 그들이 돌아올 수 있을지는 알 수 없었다.

이미 전진을 하며 후방에는 상당량의 지뢰를 매설했고 부대의 반 정도가 후방을 경계 중인 상황이었기에 세일란 족의 노예들이 폭격을 뚫고 접근할 수 있을지는 미지수였다.

지후는 최대한 많은 노예들이 자신이 퀸을 죽이기 전까지 이곳에 도착하지 않기를 바랐다.

최대한 많은 수의 병사를 온전히 얻고 싶었으니까.

굳이 내거에 흠집을 내고 싶은 생각은 없었으니까.

계략에 능하다던 세일란 족도 뭔가를 시도해 보기도 전

에 막히니 할 수 있는 게 아무것도 없었다.

세일란 족은 전쟁이 시작된 뒤 이지제국의 모습조차 보지 못했다.

엄청난 폭격으로 인해 뿌연 흙먼지와 시뻘건 화염만이 눈앞을 도배하고 있었고 적들의 모습 한 번 보지 못하고 세일란 족은 죽어가고 있었다.

"쏴라!"

"한 놈도 살려두지 마라!"

지후는 세일란 족 만큼은 단하나의 생명체조차 살려둘 생각이 없었다.

그들을 생각하면 이가 갈릴 것만 같은 분노가 치밀었고 복수 외에 다른 생각은 없었다.

"크아아아아아아아아아아악!"

괴성이라고 해야 할까? 뭐라고 해야 할까?

사자후라고 하는 게 가장 적당할 것 같았다.

그 엄청난 소리와 함께 충격파가 일어났다.

소리의 시작점을 중심으로 충격파는 원으로 퍼져나갔고 뿌연 흙먼지와 시뻘건 불길을 순식간에 모두 걷어내 버리고 있었다.

충격파에 의해 여전히 공격 중이던 이지제국군의 공격은 공중에서 막힐 수밖에 없었고 그 광경에 모두가 공격을 멈추었다.

충격파와 함께 메아리가 치듯이 괴성소리가 전장에 울려 퍼지고 있었고 그 소리에는 깊은 분노와 섬뜩한 살기가 가득 담겨 있었다.

그 소리가 전신을 훑고 지나가는 듯한 느낌에 이지제국의 병사들의 몸에는 소름이 돋았다.

흙먼지와 불길이 사라진 전장은 그야말로 폐허였다.

레이더에도 미약한 생명체 반응만이 조금 잡힐 뿐 대부분의 생명체가 이지제국의 폭격에 의해 죽음을 피할 수 없었다.

그런 폐허와 같은 전장에서 한 인영이 뚜벅뚜벅 이지제국의 이동요새를 향해 걸어오고 있었다.

느껴지는 기운이 자신이 세일란 족의 여왕이라는 사실을 알려주고 있었다.

겉보기에는 천상여자였다.

인상이 좀 날카롭기는 했지만 170정도 되 보이는 키와 군살이 없는 구릿빛 근육질 몸매는 너무나 섹시해 보였다.

마치 요가학원 강사와 같은 모습이랄까?

상체는 비키니 같은 것으로 가리고 있었고 아래쪽은 트레이닝 바지 같은 것을 입고 있었다.

하지만 그녀가 인간이 아니라는 사실을 확실히 보여주는 한 가지가 있었다.

바로 등 뒤에 있는 검은 깃털이 가득한 날개였다.

지후는 다가오는 인영을 보며 입을 열었다.

"나는 이지제국의 황제인 이지후다. 네가 타일라 맞나?"

"내 이름을 알고 있다니 영광이군."

"뭐 워낙 악명이 자자하셔서."

"차원전장에서 악명이 자자하다는 건 칭찬이지."

샹년. 열 받으라고 한 말을 칭찬으로 받아 들이냐?

"그런데 등 뒤에 날개가 참 예쁘네. 그거 혹시 탈부착 가능하냐? 혹시 내가 너 죽이고 달아도 될까?"

타일라의 눈썹이 실룩이며 꿈틀거리는 것이 지후의 눈에 포착되었다.

"글쎄. 그건 네가 나를 죽이고 시험해봐야겠지. 물론 불가능 하겠지만."

"설마 네가 나를 이길 수 있다고 생각하나?"

지후는 더욱 세게 나가며 도발을 해나갔다.

하지만 타일라는 그런 도발에 말려들지 않았다.

퀸은 날개를 펼치며 지후가 있는 이동요새의 꼭대기로 날아왔다.

눈높이가 맞춰졌고 퀸은 입 꼬리를 올리며 미소를 짓더니 지후를 향해 기습공격을 시작했다.

타일라의 날개가 펄럭였고 타일라의 기운을 가득 머금은 깃털들이 지후를 향해 쏜살같이 쏟아져 날아왔다.

깃털 하나하나에 지후의 강기에 버금갈만한 기운이 담겨 있었다.

지후는 이형환위로 이동요새를 벗어났지만 깃털들은 지후를 따라왔다.

"빌어먹을. 유도미사일도 아니고 샹!"

피했다고 생각했기에 생각지도 못한 상황이었다.

지후나 타일라 정도의 공격력이면 한 번의 실수가 승패를 가를 수가 있었기에 지후는 빠르게 호신강기를 펼치며 내공을 주입했다.

지후의 호신강기를 부셔버리겠다는 듯이 요란한 소리를 내며 깃털들은 지후의 강기를 공격하며 폭발했다.

콰앙! 쾅! 쾅! 쾅! 쾅! 쾅! 쾅! 쾅! 쾅! 쾅! 쾅! 쾅! 쾅! 쾅! 쾅!

지후는 호신강기로 대부분의 공격을 막아냈지만 지면으로 추락했고 여전히 날아오는 깃털들에 의해 공격받고 있었다.

'이런 빌어먹을 년이! 나를 땅으로 처박아!'

지후는 호신강기에 금이 가기 시작하자 더욱 많은 내공을 불어 넣으며 겹겹이 호신강기를 둘렀다.

그리고 바로 소울아머를 입고 돌진할 타이밍을 노렸다.

드디어 호신강기를 때리던 깃털공격이 멈췄고 지후는 타일라의 기운이 느껴지는 곳을 바라봤다.

지후가 지면을 내딛는 순간, 주변 지면이 으깨지며 튀어 올랐고 지후의 몸은 한줄기 섬광처럼 타일라를 향해 쏘아져 날아갔다.

위압감을 느낀 퀸은 날아오는 지후의 모습에 즉시 응수했다.

날카로운 퀸의 손톱은 무엇이든 썰어버릴 수 있다는 듯이 섬뜩한 예기가 흐르고 있었고 등 뒤에 돋아나 있는 날개는 지후의 권강을 막을 정도로 단단했다.

콰앙!

본격적으로 지후와 타일라가 부딪치며 전투에 돌입했다.

연이은 격돌과 함께 주변은 초토화 되어만 갔다.

모두 눈을 부릅뜨고 둘의 전투를 지켜보고 싶었지만 그럴 수가 없었다.

보이는 것은 오직 잔상뿐이었고 그 잔상을 좇는 것조차 쉽지 않았다.

그랬기에 둘의 전투를 보는 것은 쉽지 않았고 당장은 둘의 격돌이 일으키는 충격파를 걱정하는 게 우선이었다.

단단한 이동요새의 보호를 받고 있지만 혹시라도 격돌의 충격파에 휘말리지 않기 위해 이지제국군은 결국 거리를 벌릴 수밖에 없었다.

◆

퀸의 날개는 정말 단단했다.

콰아앙!

지후는 인정사정 보지 않고 타일라에게 권강을 휘둘렀지만 타일라의 날개에 의해 지후의 권강은 막히고 말았다.

지후의 권강을 막아내고 있었으니 타일라의 날개가 얼마나 단단한지 충분히 짐작할 수 있었다.

하지만 지후는 타일라가 막아낸다고 해서 주먹을 멈추지는 않았다.

지후는 퀸을 향해 주먹을 끊임없이 휘둘렀고 퀸의 날개에도 피해가 누적되는지 퀸은 방어보다는 공격위주로 태세를 전환하며 지후를 향해 손톱을 휘둘렀다.

쉬이익!

퀸의 손톱은 계속해서 지후의 급소를 노려왔지만 지후는 빨랐고 소울아머는 퀸의 날개 못지않게 튼튼했다.

지후가 퀸의 공격을 적당히 흘려서 충격을 분산시킨 탓도 컸지만 소울아머는 폭격과정에서 소울드레인을 펼치며 충분한 영혼력을 보충했기에 지금은 충만한 영혼력이 있었고 흠집을 낼 수조차 없었다.

카아앙!

퀸의 손톱이 소울아머를 때릴 때마다 불꽃이 번쩍이긴 했지만 딱 거기까지였다.

영혼력이 충만한 소울아머에는 어떤 흠집도 나지 않았고 그런 지후를 바라보며 타일라는 입술을 꽉 깨물었다.

꽉 깨문 입술사이로 붉은 핏방울이 맺혔지만 그걸 감상하고 있을 시간은 없었다.

소울아머에 흠집이 나지는 않고 있었지만 퀸의 공격이 결코 약한 것은 아니었고 소울아머의 영혼력은 빠르게 줄어들고 있었다.

슬슬 전투를 끝내야 할 시점이 다가오고 있었다.

이지제국을 찾기 위해 나갔던 노예들이 지후의 기감에 잡히기 시작했고 그건 곧 도착한다는 뜻이었다.

그들이 도착한다면 어쩔 수없이 이지제국군은 공격을 해야만 했기에 지금 가장 좋은 방법은 지후가 타일라를 쓰러뜨리는 것이었다.

지후는 보법을 밟으며 타일라의 품안으로 파고들어 주먹을 뻗었다.

그저 주먹을 뻗을 뿐이었다.

그 단순한 동작과 그저 가볍게 던지는 주먹.

하지만 그 주먹엔 수많은 깨달음이 담겨 있었다.

무수히 많은 적을 때리며 얻은 깨달음이 궁극에 다다른 주먹이었다.

콰앙!

콰앙! 쾅! 쾅!

퍼억! 퍽! 퍽!

콰직!

지후의 단순한 공격은 보기엔 단순했지만 결코 그 위력까지 단순하지 않았고 타일라를 정신없이 몰아붙였다.

공격이 들어가기 시작하자 타일라의 방어는 점점 무너지기 시작했고 타일라의 날개는 점점 힘을 잃고 흐느적거리기 시작했다.

"크아아악!"

휘이익!

타일라는 괴성과 함께 지후의 얼굴로 손톱을 휘둘렀지만 여전히 쌩쌩한 지후는 가볍게 허리를 튕기는 것으로 타일라의 공격을 피해냈다.

타일라가 아직 손톱을 회수하기 전 지후는 타일라의 품 안으로 순식간에 이동했고 타일라의 턱에 권강을 가득 머금은 주먹을 올려쳤다.

콰직!

지후의 어퍼컷이 제대로 들어갔고 타일라의 입에서는 피분수가 튀었다.

타일라의 눈동자에 흰자가 더욱 많이 보이고 있었지만 여왕으로서의 자존심 때문인지 결코 쓰러지지 않고 있었고 지후는 그런 타일라의 자존심을 짓밟고 싶었다.

지후는 사냥터에서 세일란 족에게 자존심을 철저히 구겼었으니까.

그것 때문에 심마가 자랄 뻔한 상황까지 겪었으니까.

그랬기에 지후는 타일라에게 틈을 주지 않고 공격을 이어갔다.

하늘 높이 치솟은 지후의 다리는 타일라의 머리를 내려찍었다.

콰앙!

타일라의 머리가 지후의 내려찍기와 함께 지면을 일으키며 처박혔지만 지후는 멈추지 않았다.

퍼억!

바로 반대쪽 발로 타일라의 옆구리에 싸커킥을 먹여줬고 타일라가 비명을 질렀다.

타일라의 비명소리는 지후에게는 그 어떤 노래보다도 흥겹고 듣기 좋았다.

기분이 좋아지는 듯한 그 비명소리에 지후는 쓰러져 있는 타일라를 향해 발길질을 멈추지 않았다.

퍽! 퍽! 퍽! 빼억!

타일라의 몰골은 처참했다.

전신은 피로 도배되어 있었고 몸의 곳곳이 부러져 기하학적으로 비틀려 있었다.

지후는 엎드린 상태로 꿈틀거리고 있는 타일라를 향해 천천히 아주 여유롭게 비릿한 미소를 지으며 걸어갔다.

이 표정을 보여주고 싶어 지후는 소울아머의 투구를 해제했다.

지후는 섬뜩한 미소를 지으며 타일라의 코앞에 도착했다.

타일라의 등을 천근추로 밟은 뒤 타일라의 양쪽 날개를 잡고 몸을 튕겼다.

콰지직!

"끄아아아아아아아아아아아아악!"

꿈틀대는 게 전부였던 타일라가 비명을 토해내며 몸부림을 쳤다.

하지만 지후는 멈추지 않고 타일라의 날개를 몸에서 뽑아냈다.

파악!

아직 흘릴 피가 남아있었는지 타일라의 양쪽 날개가 있던 자리에서는 피분수가 터졌고 타일라의 피분수가 튄 지후의 얼굴은 너무나 섬뜩했다.

지후는 섬뜩한 미소를 지으며 뜯어버린 날개를 아무렇게나 던져버렸다.

투둑. 투둑.

적장에 대한 예우? 전쟁터에서 그 무슨 사치란 말인가?

특히나 차원전쟁은 오직 생존과 이익만이 있을 뿐.

모든 걸 얻는 자와 모든 걸 잃는 자만이 있을 뿐이다.

그리고 지금 이 순간 모든 걸 얻는 자와 모든 걸 잃는 자가 정해지고 있었다.

타일라는 한참 동안을 바닥을 뒹굴며 발악을 하듯 뒤척였지만 어느 순간부터 몸부림을 멈추었고 허망한 듯 하늘을 바라보고 있었다.

지후는 이제 그만 타일라를 끝내기 위해 황금빛이 넘실거리는 주먹을 쥐고 타일라를 향해 걸어갔다.

뚜벅 뚜벅.

지후의 발걸음 소리가 타일라의 귓전을 때렸고 타일라는 자신의 끝이 다가왔다는 사실을 알 수 있었다.

"하악 하악."

타일라는 거친 숨소리를 내며 지후에게 마지막 대화를 시도했다.

"하… 승리한 소감은?"

어디 한번 비웃을 테면 비웃어보라는 표정의 타일라를 보자 지후는 심기가 뒤틀리는 느낌이었다.

"너 따위를 이기고 기분이 좋을 리가 있겠냐?"

존중은 필요 없었다.

지후는 뒤끝이 긴 인간이었고 지난번 이지제국의 병사들이 도륙 당하던 순간이 잊지 못할 앙금으로 남아있었다.

자신은 황제이기에 그걸 짊어지고 나아가야 하기에 잊을 수도 없었지만.

여전히 눈을 감으면 그날의 비명소리가 선명하게 들렸고 그날 병사들이 흘리던 피가 선명하게 보였다.

"하아… 하아… 패자가 무슨 말이 필요하겠나…. 그래도 한 가지만 묻고 싶다."

"……."

"너는 노예를 어떻게 대하지? 전부터 너희들의 분위기를 봤을 때 너는 노예들을 노예로 대하지 않는 것 같던데."

"나를 너 같은 년이랑 똑같은 선상에서 놓고 보지 마. 기분 나쁘니까. 그리고 그들을 노예라고 부르지 마라. 그들은 노예가 아니다. 모두 나의 백성이고 나와 함께 싸우는 전우다."

"전우…… 라…."

"나도 하나만 묻지. 너희 종족과 너는 왜 모습이 다른 거지?"

"그건…. 나도 모른다. 나는 태어날 때부터 퀸이었고 이런 모습이었으니까. 이유는 모르지만 그게 내 운명이었다. 모두가 나에게 충성했고 당연하다는 듯이 나를 퀸으로 떠받들었으니까. 그렇게 살아온 세월만 4천년을 넘었다."

"그럼 살만큼 살았네. 죽어도 별로 아쉽지는 않겠어."

"네 말대로 딱히 아쉽지는 않다. 이런 게 죽음이라면 확실히 나쁘지는 않아. 하지만 찝찝한 게 한 가지 있군."

"그게 뭐지…?"

"네가 아까 말한 전우라는 말. 그게 거슬린다."

"그게 왜?"

"종족이 다른데 모두 너의 백성이라는 말에 믿음이 안가서. 말로만 그러고 실제로는 그들을 우리처럼 전쟁터에 앞장세우지 않나?"

"그럼 믿지 마. 너를 납득시킬 이유는 없으니까. 그리고 네년도 눈이 달려 있다면 봤을 텐데. 이지제국의 선봉은 언제나 나야. 난 너 같은 계집애처럼 뒤에서 숨어서 계략이나 짜고 있는 성격이 아니라서."

"그럼 우리 세일란 족도 너의 전우가 되는 건가?"

타일라는 지후에게 확인을 받고 싶었던 것이었다.

그리고 안심했다는 듯한 타일라의 표정은 지후에게 너무나 거슬렸다.

그거였냐? 너희 종족의 안위? 너도 네 종족은 위한다는 말인가? 그런데 그런 안심했다는 눈으로 바라보지 마라.

"훗. 웃기는 군. 설마 내가 세일란 족도 나의 전우로 받아들일 것이라 생각한 건가?"

죽기 전에 걱정도 팔자군.

나는 너희 종족을 살려둘 생각이 발톱에 때만큼도 없어.

단 한 번도 그런 생각을 해본 적이 없거든. 너희를 받아들인다면 하늘에 있는 내 병사들이 꿈에 나타날 것만 같단 말이지.

"왜지…?! 왜 우리 세일란 족만…."

"내가 우리 백성들과 스스로에게 한 가지 약속을 한 게 있어. 바로 세일란 종족의 멸종.

난 약속은 지키는 남자라서 말이야. 너희 종족은 오늘부로 멸종한다."

"왜지? 넌 수많은 종족을 거느리고 있는 것 같은데? 왜 우리 세일란만 배척하지…?"

"물론 네가 거느리고 있던 노예들은 내가 내 백성으로 중히 쓸 생각이야.

그런데 너희 종족은 아니야.

나는 동료를 포션으로 밖에 안 보는 것들을 믿고 내 등을 맡길 자신이 없거든.

불안해서 어떻게 너희 같은 것들에게 등을 맡기고 마음 편히 전투를 하겠어?

노예라서 배신을 못하니까? 그래 배신을 못하겠지.

그런데 지들이 다치면 본능적으로 옆에 있는 동료를 물어뜯을 것 같아서 말이야.

내부에 굳이 암을 자라게 할 필요가 있을까?

굳이 암 덩어리까지 끌어앉을 정도로 내가 착하진 않아서 말이야."

당황한 타일라는 지후를 설득하기 위해 말을 이으려고 했지만 타일라는 더 이상 말하지 못했다.

콰앙!

아까부터 넘실거리던 지후의 황금빛 주먹이 타일라의 얼굴에 직격했고 타일라의 목 위는 어떤 흔적도 없이 사라지고 없었다.

지후는 자신의 얼굴에 튄 타일라의 뇌수를 털어내며 전장을 바라보고 하늘을 향해 주먹을 치켜들었다.

타일라와 지후의 승부가 어느 정도 결정된 이후로 이지제국군은 다시 지후의 근처로 이동해 전투를 지켜보고 있었고 지금 지후의 모습을 모두가 생생하게 보고 있었다.

전투에 있어서만큼은 어디에도 없을 믿음직스럽고 늠름한 황제였다.

그런 지후의 모습에 모두는 전율을 느낄 수밖에 없었다.

지후가 승리를 알리는 주먹을 하늘을 향해 치켜들자 그와 함께 엄청난 소리가 차원전장에 울려 퍼졌다.

"황제폐하 만세!"

"황제폐하 만세! 만세!"

"만세!"

"만세에!"

"이겼다!"

"우리가 이번에도 이겼어!"

몇몇은 함성을 지르며 눈물을 흘리고 있었다.

먼저 간 동료들을 생각하며 하늘을 바라보며 그들의 넋을 위로하고 있었다.

지후와 그날 살아남았던 이지제국의 병사들은 모두 약속을 지킬 수 있었고 진혼제는 성공적으로 끝이 났다.

지후는 대승도 대승이었지만 적들의 노예들이 대부분 다치지 않았다는 사실에 기분이 좋았다.

온전한 상태로 자신의 백성이 될 테니까.

물론 세일란 족과 함께 본진에 남아있던 노예들의 수도 엄청나게 많았지만 밖으로 흩어져 있던 노예들이 더 많았기에 그 부분은 조용히 묻힐 수 있었다.

오늘은 지우와 병사들에게 그야말로 완벽한 대승이었다.

아마 차원전장에서도 이런 대승은 역사에 없었을 것이다.

한쪽의 압도적인 승리.

2차 차원전쟁에서의 대승이 무색할 정도로 이번 3차 차원전쟁은 피해가 전무한 대승이었다.

사망자 0명. 부상자 0명.

오늘 전투의 결과였다.

이지제국의 병사들은 적들과 마주치고 부딪치며 싸우질 않았기에 갑옷은 너무나 깨끗했다.

공격을 받을 틈도 없었고 오직 폭격만이 있었던 전투였기에.

그저 갑옷을 입고 긴장감속에 폭격과 조준을 계속하느라 땀이 조금 났을 뿐이었다.

오늘은 집에 가서 피가 아닌 땀만 닦아내고 개운하게 잘 수 있을 것 같았다.

자신의 행성에 있던 세일란 종족들은 모두 노예가 되어 강제적으로 차원전장에 소환 되었다.

지후는 말없이 이지제국의 병사들을 바라봤다.

그리고 이어진 지후의 목을 긋는 듯한 시늉.

차원전장에 소환된 세일란 족을 향해 이지제국의 병사들은 방아쇠를 당겼다.

탕!탕!탕!탕!탕!탕!탕!탕!탕!탕!탕!탕!탕!탕!탕!

한참 동안을 이지제국군의 총구에선 불을 뿜었고 모든 세일란 종족들의 기감이 사라진 것을 확인했을 때 지후가 손을 들어 상황을 끝냈다.

그런 지후의 모습을 보는 세일란 족의 노예였던 14종족은 불안감에 떨 수밖에 없었다.

갑작스러운 살해.

아니 이건 일방적인 학살이자 사냥이었다.

세일란 족은 자신들을 먹이로라도 생각했는데 새로운 주인은 자신들을 그렇게도 생각하지 않는 거란 말인가?

몇몇은 모든 게 끝났다는 생각을 하며 고개를 떨군 채 바닥만 바라봤다.

차라리 식량보다는 이렇게 죽는 것도 나쁘지 않다는 생각을 하는 종족들도 많았다.

이렇게 고기방패가 되어 하루하루를 힘들게 사는 것도 이제는 지쳤으니까.

지후의 손짓만으로 공격이 시작되고 멈추는 모습, 그 모습은 압도적인 카리스마 그 자체였다.

대체 지후가 어떤 말을 할까?

자신들을 어떻게 할까?

수많은 생각들이 14종족의 머릿속을 도배했지만 그 누구도 앞장서서 말을 하지 못했다.

지후의 압도적인 카리스마.

그 카리스마에 눌려 다물고 있는 입이 떨어질 엄두를 내지 못했다.

드디어 지후의 입이 점점 벌어지며 14종족의 귀에 목소리를 들려주었다.

"환영한다. 이지제국의 백성이 된 것을."

모두의 머릿속엔 물음표가 가득했다.

대체 무슨 소리란 말인가?

방금 있었던 학살의 현장은 뭐란 말인가?

"다들 뭘 그렇게 이해하지 못하겠다는 표정이지? 뭐 그럴 수도 있겠지. 방금 있었던 일 때문에 오해를 하나 본데…. 오해다."

지후의 얘기를 듣고 있던 윌슨은 순간 울컥했다.

황제라는 인간이 무슨 말을 저리도 못할까?

"음…. 우리는 몇 달 전에 적으로 만났다. 그때의 이지제국과 지금의 이지제국은 달랐지.

우리는 세일란 족에게 쫓기며 도망갔고 많은 백성들이 도륙 당했다.

오늘 있었던 일은 그 때의 복수다.

물론 지금 있는 너희들 중에도 그날 우리의 병사들과 싸운 자들도 있겠지.

하지만 그건 너희의 뜻이 아니었다는 사실도 안다.

나는 모든 원흉이었던 세일란 족의 멸종시키겠다고 그날 모두와 약속했고 오늘 그 약속을 지킨 것뿐이다.

너희들에게 불이익을 줄 생각은 없으니 앞으로 이지제국에서 잘 살기를 바란다.

여기 보이는 다른 종족들도 모두 너희와 같은 처지였다.

억지로 싸울 수밖에 없었고 고기방패가 되어 내일을 걱정했지.

하지만 지금 그들의 모습에 그런 것들이 느껴지나?

자세한 건 직접 보고 듣고 느끼면 될 일이다.

앞으로 잘 부탁한다."

14종족은 여전히 지후의 말에 이해가 안 된다는 표정이었지만 지후는 이미 돌아서서 걸음을 옮기고 있었다.

그 날은 차원전장과 지구 전역에 대승을 축하하는 축제가 열렸다.

마음 편히 먹고 마시고 즐기는.

14종족의 영지들은 지금의 이지제국의 영토를 감싸는 형태로 원을 그리며 배치되었다.

그리고 그들은 문화적인 충격을 받았다.

모든 종족들이 술잔을 나누며 즐기고 있었다.

그리고 그들의 얼굴엔 그늘이 없었다.

아이나 어른이나 노인 그 누구도 상관없이 모두가 기분좋은 표정으로 근심걱정 없이 즐기고 있었다.

저게 어떻게 노예들의 표정일까라는 의문이 그들을 지배했지만 어느새 다가온 다른 종족들은 어색해하지 말라며 지후가 바라던 것처럼 선배가 되어 그들을 자연스럽게 축제에 편승시켰다.

이 축제가 자신들을 이기고 벌어지는 축제라는 사실에

찝찝한 것도 사실이었지만.

얼떨결에 같이 마시고는 있었지만 이지제국이라는 곳은 도무지 알 수 없는 곳이었다.

다만 노예의 신분으로 어떻게 저런 밝은 표정을 짓고 있을 수 있는지가 너무나 궁금했다.

한잔 두잔 마시며 술잔을 비울 때마다 다른 종족들에게 이지제국이 어떤 곳인지 들을 수가 있었다.

이런 말을 하면 뭐하지만 오히려 차원전장에 오기 전의 삶보다도 이곳의 삶이 좋아보였다.

이곳에선 미래를 꿈꿀 수 있었고 마음 편히 지낼 수 있었다.

노예라고 무시를 하거나 고기방패로 대하지도 않았고 평등한 삶을 살수가 있었다.

모두가 자신들을 속이나 싶었지만 이 많은 숫자가 어떻게 연기를 하겠는가?

그들의 얼굴엔 거짓이 아닌 진실이 느껴졌다.

이게 연기라면 나라 자체가 거짓일 것이다.

하지만 지난번 사냥터에서 만났을 때도 그리고 오늘 패배한 뒤에 만났을 때도 이곳의 황제는 선봉장이 되어 전투를 치렀고 병사들을 차별하지 않고 아꼈었다.

다음 날 새로운 종족들은 대부분 지후의 성이 있는 광장

앞에 집결했다.

지후는 14종족 각각의 대표들을 자신의 앞으로 나오도록 했다.

그리고 지후에게 이어지는 각 종족 대표들의 충성 서약.

14종족의 인간들은 어제 축제에서 들었던 말들 모두가 사실이었다는 것이 실감이 났고 눈물을 흘리며 자신들이 새롭게 모셔야할 황제폐하인 지후에게 무릎을 꿇으며 충성을 맹세했다.

13종족의 충성맹세가 끝나고 이제 단 한명의 충성맹세만이 남아있었다.

남아있는 한 사내는 야성이 살아있는 듯한 체격에 탄탄한 근육질의 사내였다.

타잔도 아니고 가죽팬티 같은 걸 한 장만 걸치고 있는 모습에 지후는 모든 종족들에게 하루라도 빨리 보급과 교육을 시켜야 한다는 생각이 들었다.

지금 마지막 충성맹세를 하려는 야생의 인간은 지후와도 인연이 있는 회색갈퀴부족의 새로운 족장이었다.

지난번 사냥터에서 지후에게 죽음을 당한 부부의 아들이자 부부에게 부탁을 받았던.

아무것도 모른다는 듯이 충성을 맹세중인 무카스에게 지후는 잠시 손바닥을 들어 서약식을 멈추도록 했다.

설마 자신의 종족들도 세일란들과 같은 일을 당하는 것이 아닌 가 불안한 눈빛으로 지후를 바라봤고 지후는 아공간에서 무언가를 꺼내 무카스에게 던져 주었다.

"받아라."

무카스는 지후가 던져준 물건을 바라보며 눈이 휘둥그레졌다.

지후가 준 것은 부모님의 유품이자 족장의 상징인 목걸이였다.

"설마…."

지후는 끄덕이고 있었다.

자신이 너의 부모를 죽인 원수가 맞다고.

무카스는 한참동안을 목걸이를 바라보며 무릎을 꿇고 있었다.

'부모님에게서 목걸이를 빼앗은 것인가? 아니지. 그렇다면 나에게 돌려줄 이유가 없을 텐데.'

두 눈에선 눈물이 주르륵 흘러내리고 있었고 무카스의 어깨는 가늘게 떨리고 있었다.

무카스는 무릎을 피며 일어섰고 자신의 목에 목걸이를 걸었다.

그러자 무카스가 목에 걸은 목걸이에선 푸른빛이 터져나왔다.

빛이 사라지자 무카스는 몇 배는 강해진 기세를 뿜어내고 있었다.

무카스는 기세를 갈무리 한 뒤에 지후를 바라봤고 내려놓았던 자신의 창을 들고 있었다.

그 모습에 모든 종족이 당황스러움을 느낄 수밖에 없었다.

폐하가 평등하게 대해주지만 어쨌든 차원전장의 법칙상 황제폐하에게 반항을 할 수가 없거늘 그 앞에서 창을 겨누다니.

이 무슨 해괴망측한 상황이란 말인가.

무카스는 덤덤하게 지후에게 창을 겨누고 말을 잇고 있었다.

"부모님을 죽인 원수…."

"……."

"하지만 부모님의 의지는 모두 전달받았습니다. 그리고 당신이 부모님을 끝까지 전사로 대우해 줬다는 사실을… 노예의 굴레를 벗어나게 해주었다는 사실을 알고 있습니다. 당신이라면 우리 부족에게 전보다 나은 삶을 살게 해줄 거라고…. 부모님은 저에게 마지막 유언으로 당신을 잘 모시라고 했지만…. 저는 그럴 수가 없습니다."

"왜지?"

"명령이라면 따르겠습니다. 어차피 거부할 방법도 없겠죠. 명령이 떨어지면 마음과 다르게 몸은 당신의 말을 수행해야 할 테니까."

"난 그런 강요를 할 생각은 없는데? 뭐든 마음에서 우러나지 않으면 능률이 좋지 않아."

"그렇다면 저와 싸워주십시오. 제가 아는 최고의 전사는 예전이나 지금이나 오직 제 부모님뿐입니다. 만약 저를 굴복 시키신다면 제 마음까지 당신을 따르도록 하겠습니다."

넌 내가 너희 부모님을 죽였다는 시점에서 내가 너희 부모님보다 강하다는 사실을 알고 있어.

그런데도 이러는 건 증명 받고 싶은 거겠지.

너희 부모를 죽인 사람이 어떤 사람인지.

네 가슴속에 있는 부모님이 얼마나 강한 사람에게 죽은 건지.

그리고 마음까지 나를 따르기 위한 최소한의 계기일 테지.

부모나 너나 뼛속까지 전사로군.

'부모님은 내가 아는 최고의 전사였다. 그러니 그걸 증명해 줬으면 좋겠어. 내가 당신을 진심으로 섬길 수 있도록. 부모님의 죽음이 헛된 죽음이 아니었다는 걸.'

무카스는 마음속으로 지후가 자신과의 대결을 받아들이기만을 바라며 생각에 생각을 거듭하고 있었다.

사실 이건 자신의 억지였기에.

황제는 그냥 자신에게 명령을 하면 되는 위치였기에.

혹시라도 자신 때문에 불쾌해 자신의 부족에 해코지를 하지는 않을까 불안한 것도 사실이었지만 무카스는 겉으로 최대한 내색하지 않고 강렬한 눈빛을 황제에게 쏘아 보내고 있었다.

"좋아. 덤벼봐. 단! 너도 나에게 증명해야 할 거야. 이 많은 사람들 앞에서 아무짝에도 쓸모없는 놈이 나에게 이를 드러내는 걸 용서할 만큼 난 관대하지는 않으니까."

무카스는 고개를 끄덕이며 창대를 움켜쥐며 자세를 고쳐 잡았다.

지후는 한손을 들어 손바닥을 까딱거리며 무카스에게 어서 들어와 보라는 신호를 보냈다.

쉬이익!

공기를 가르는 날카로운 파공성과 무카스의 창대가 지후를 향해 찔러오고 있었다.

순식간에 수십 번의 찌르기가 지후를 찔러 왔지만 지후는 뒷짐을 진채 최소한의 움직임만으로 공격을 아슬아슬하게 피해내고 있었다.

보는 이에 따라서는 지후가 위험해 보일수도 있는 장면이었지만 어느 정도 수준이 되는 사람들의 눈에는 그저 지후의 모습이 너무나 대단해 보일 뿐이었다.

무카스의 창술도 대단했지만 그걸 최소한의 움직임만으로 가볍게 피해내고 있는 지후를 보며, 둘의 대결을 지켜보는 사람들의 등줄기에는 축축한 식은땀이 흐르고 있었다.

지후의 움직임엔 단 1의 낭비도 없었다.

중요한 사실은 지금 지후는 소울아머조차 입고 있지 않다는 사실이다.

저 뛰어난 창술의 대가를 상대로 지후는 그저 맨 몸으로 받아주고 있었다.

드디어 지후의 뒷짐이 풀리며 지후가 창대를 향해 손을 뻗었다.

빠악!

지후의 주먹과 창대가 부딪혔고 무카스는 떨려오는 자신의 손바닥을 바라보며 뒷걸음질을 쳤다.

지후 또한 자신의 주먹에 느껴지는 충격을 느끼며 무카스를 바라보며 미소를 지었다.

'호부 밑에 견자 없다더니… 역시 그 부모에 그 아들인가?'

무카스는 자신의 부모들 못지않았다.

다만 지금은 갑작스럽게 늘어난 기운에 약간 휘둘리는 느낌이 있었지만 그건 시간과 실전이 해결해 줄 문제였고 당장 고칠 수 있는 문제가 아니었다.

주목할 점은 무카스의 신체조건이었다.

자신의 부모보다도 신체조건이 더욱 좋아 보였다.

190의 키에 떡 벌어진 어깨.

거기에 야생의 움직임과 야성이 살아 숨 쉬는 듯한 그 본능은 그동안 보아온 회색갈퀴족 특유의 변칙적인 움직임의 정점이라고 하기 충분해 보였다.

지후는 이 대결을 길게 끌 생각이 없었다.

그리고 무카스가 진심으로 납득할 수 있도록 자신의 압도적인 모습을 두 눈과 몸에 새겨 줄 생각이었다.

덕분에 지켜보던 모두는 지후가 얼마나 대단한지 얼마나 무서운지 다시 한 번 느끼게 되었다.

41. 결속

41. 결속

지후는 전신으로 내공을 발산했다.

지후의 전신에서는 황금빛이 넘실거리고 있었고 지후는 무카스의 지척까지 순식간에 접근했다.

무카스는 창으로 지후와의 거리를 충분히 재고 있었다고 믿고 있었지만 아무렇지 않게 그 거리를 좁혀버리는 지후를 보며 감탄했다.

지후의 주먹이 무카스를 향해 가볍게 휘둘러졌다.

콰앙!

무카스는 다급하게 창을 들어 지후의 주먹을 막아냈다.

막아내긴 했지만 그 엄청난 충격에 의해 창을 잡고 있던 무카스의 양손바닥은 찢어지며 핏물이 흘러나왔고 충격으로 손이 덜덜 떨려왔다.

드디어 실감이 났다.

자신과 지후의 압도적인 무력차이가.

자신의 부모님을 죽인 사내가 어떤 사람이었는지.

조금이나마 그에 대해서 알 수 있었다.

손이 덜덜 떨려왔지만 무카스는 다시 창을 말아 쥐었다.

최대한 황제의 무력에 대해 많이 알고 싶었다.

떨리는 손바닥에 힘을 불어 넣으며 진정시킨 뒤, 무카스는 다시 지후를 향해 창끝을 들이 밀었다.

무카스의 창이 마치 뱀의 움직임처럼 흐물흐물 거리고 있었다.

하지만 창끝은 뱀의 아가리가 먹이를 물어뜯으려는 듯이 날카로운 예기를 흘리며 지후를 향해 찔러 왔다.

찰나의 순간 수십 번의 찌르기가 오갔고 그 변칙적인 움직임에 지켜보는 사람들이 더욱 긴장을 하고 있었다.

'과연 내가 저 공격을 막아낼 수 있을까?'

무카스의 창을 보면서 모두의 마음속에 드는 한 가지 물음이었다.

그 물음에 대한 답은 나올 듯 나오지 않았다.

그들의 자존심은 결코 결과를 인정하고 싶지 않았고 전사로서의 호승심은 역시 붙어봐야 알 수 있다고 결과를 외면했다.

지금 자신들이 고민을 거듭하고 있는 그 창을 아무렇지도 않게 피하고 있는 괴물, 아니 황제폐하를 바라보며 모두의 마음속에는 역시 규격 외는 있다는 마음이 들었다.

그들에게 지후는 천외천 이었다.

무카스의 창에는 호승심이 생겼다면 지후에게는 그런 마음이 전혀 들지 않았다.

황제폐하여서가 아니다.

그냥 지후를 보고 있자니 그런 마음자체가 들지 않았다.

자신들조차 승부를 가늠할 수 없는 무카스를 마치 어린아이 다루듯이 상대하고 있었고 그의 상징이라고 할 수 있는 소울아머를 입지도 않고 있었다.

그랬기에 누구도 지후의 무력과 자신의 무력을 비교하는 실수를 범하지는 않았다.

누가 개미와 인간을 비교 하겠는가?

비교해봐야 스스로만 초라해진다는 사실을 누구보다 잘 알고 있었다.

대결은 갈수록 거세지고 있었다.

무카스의 움직임은 빠르고 날렵하고 거칠었다.

그 움직임은 본능이라고 말하고 있었다.

훈련받은 움직임 이라기보다는 야성에 가까운 동작.

그와 함께 이어지는 변칙적인 움직임의 공격은 보는 이로 하여금 오금을 저리게 만들었지만 상대가 너무 대단했다.

그 거칠고 파괴적임 움직임을 아무렇지도 않게 절묘한 순간마다 파쇄하며 탄력을 받지 못하도록 적절하게 끊어주고 있었다.

과연 저런 움직임이 가능은 한 움직임인 것인지 두 눈으로 직접 보지 않았다면 믿지 못했을 것이다.

지금 눈앞에 그걸 가능케 하는 인간이 있었다.

"슬슬 끝내자."

지후는 무카스를 바라보며 입가에 만족스러운 미소를 지으며 본격적인 공격을 시작했다.

퍼억!

퍽! 퍽! 퍽!

복부, 가슴, 얼굴 등 그저 조금의 틈이라도 보이는 모든 곳에 지후의 주먹이 적중하고 있었다.

아니, 정확히 말하면 조금의 틈이라도 만들어낸 것이었다.

지후는 무카스의 창이든, 가드를 하고 있는 팔뚝이든 그 어느 곳이든 가리지 않고 주먹을 뻗어 사정없이 때렸다.

엄청난 위력을 담고 있는 지후의 주먹에 그동안 견고하다고 믿었던 무카스의 방어는 조금씩 균열이 생기며 빠르게 허물어지기 시작했다.

"호아압!"

무카스가 기합을 지르며 지후를 향해 창을 휘둘렀지만 지후의 주먹은 창을 휘두르는 무카스의 팔목을 가격했다.

"크윽."

상대의 무기를 공격하거나 막는 것도 쉽지 않은 데 무기를 휘두르는 팔목을 직접적으로 공격하는 것은 몇 수나 뛰어나야 가능한 것인지 무카스는 알고 있었기에 공격을 당하면서도 기분이 나쁘진 않았다.

저런 남자의 손에 자신의 부모님이 마지막을 맞이했으니까.

그저 전쟁터에서 고기방패로 죽어간 것이 아니라 저런 강자와의 대결에서 생의 마지막을 불태웠을 테니까.

무카스의 마음속에는 지후가 강자여서 자신의 부모님의 마지막을 지켜줘서 감사한 마음이 가득했다.

일단 감사는 감산데….

지후의 공격은 너무나 무지막지했다.

이제 충분히 알았고 대결을 그만해도 될 것 같은데 공격이 멈출 기미가 보이지 않았고 그 말을 할 틈을 주지 않았다.

당장이라도 충성맹세를 하고 싶은 데 지후의 압도적인 구타와 폭력은 멈출 줄을 몰랐다.

아니, 지후의 표정을 보니 그런 무카스의 기분을 알면서도 약을 올리는 듯한 묘한 표정이었다.

더 이상 대결이 아니었다. 그저 압도적인 폭행이었다.

폭행을 하는 자는 구타를 받고 있는 인간에게 눈빛으로 말을 하고 있었다.

시작은 네가 했지만, 끝은 내가 낸다고.

그런 지후의 모습을 보며 몸을 부르르 떨고 있는 사람이 한 명 있었다.

바로 윌슨이었다.

윌슨은 눈치 채고 있었다.

지후가 지금 무카스를 때리는 것을 즐기고 있다는 사실을.

지금 무카스는 지후의 샌드백일 뿐이라고.

대결? 그런 게 사라진지 오래다.

아니 처음부터 그런 게 존재할 수가 없었다.

압도적인 실력 차가 나는데 무슨 대결이란 말인가?

저걸 경험한 것은 윌슨뿐 이었기에 윌슨만이 지금 이 상황을 눈치 채고 짐작할 수 있었다.

윌슨은 무카스를 보며 묘한 기분이 들었다.

앞으로 자신과 샌드백 생활을 함께 할 동지가 생긴 것인지.

아니면 앞으로도 홀로 지후의 샌드백 생활을 하는 것인지.

제발 함께할 수 있기를…. 혼자보단 둘이 나을 거라는 상상을 하며 무카스의 쾌유를 비는 윌슨이었다.

무카스는 강했지만 아직은 경험이 부족했다.

그랬기에 지후의 무차별적인 폭력에 제대로 된 대응을 하지 못하고 무너질 수밖에 없었다.

지켜보는 모두의 전신이 축축하게 젖고 있었다.

일방적이었다.

콰앙! 콰앙! 콰앙!

지후가 무카스의 발목을 잡은 채로 이리저리 바닥에 내려치고 있었다.

무카스가 바닥에 내려쳐질 때마다 엄청난 크레이터와 돌무더기가 튀어오르고 있었지만 지후는 아랑곳하지 않고 계속 무카스를 내려치고 있었다.

마치 인형을 휘두르는 것만 같은 모양새였지만 그건 인형이 아닌 사람이었고 조금 전까지 엄청난 모습을 보여주며 지후와 대결을 펼치던 무카스였다.

그런 무카스가 일방적으로 무너지자 지켜보던 병사들 중에는 바지를 조금씩 적시는 사람들까지 있었다.

그 엄청난 대결이 그저 지후가 무카스를 상대로 놀아준 것이었다는 사실을 바보가 아닌 이상 알 수 있었기에 병사들의 전신엔 소름이 돋아나고 있었다.

지후는 일방적으로 무카스를 구타했고 무카스는 만신창이가 되어 구르고 있었다.

하지만 무카스는 쓰러져서 꿈틀거리면서도 창을 놓지 않고 있었다.

바닥에서 꿈틀거리던 무카스가 창에 의지해서 간신히 일어섰다.

퉁퉁 부은 두 눈은 앞이 보이는 지도 의문이었지만 무카스는 지후가 있는 곳을 똑바로 바라봤다.

'빨리… 빨리… 말해야 해…. 폐하의 공격이 또 들어오기 전에… 내가 먼저 말해야 해….'

그리고 이어진 장면에 지후는 환한 미소를 지었다.

무카스가 한 쪽 무릎을 꿇으며 지후에게 충성을 맹세하고 있었다.

"회색갈퀴부족의 족장 무카스. 죽는 날까지 황제폐하께 몸과 마음을 바쳐 진심으로 충성을 다해 따르겠습니다."

무카스는 그 말을 끝으로 한 쪽 무릎을 꿇고 있는 그 자세로 기절을 하고 말았다.

지후는 미소를 지으며 장내를 벗어나며 누나인 지현에게 무카스의 치료를 부탁했다.

"치료를 할 거면 좀 적당히 때리던가, 이건 무슨 내 마력 다 쏟아 부어도 간당간당 하겠네. 차라리 이럴 거면 죽이지 그랬어."

지후는 지현의 잔소리를 무시하며 자리를 피했다.

무카스에게 다소 잔인했던 건 사실이다.

하지만 모두에게 자신이 어떤 인간인지.

어떤 황제인지 두 눈으로 직접 보는 것만큼 효과가 좋은 것은 없으니까.

그리고 이상하게도 윌슨만큼이나 때리는 맛이 났기에 쉽게 공격을 멈출 수가 없었다.

◆

세일란 족의 노예였던 종족은 14종족이나 되었다.

지후가 아스코드 차원과 전투를 할 때 세일란 족도 더 많은 노예를 늘린 것 같았는데 지후에게는 아주 좋은 선물이 되었다.

덕분에 이지제국엔 지구인을 제외하고도 22개의 종족이 지후의 휘하에 있었고 고작 세 번밖에 차원전쟁을 안 치룬 진영의 모습이라고 하기에는 이해가 가지 않을 정도로 많은 세력이 있었다.

이제는 각 종족별로 외우기도 힘들었다.

그랬기에 지후는 더 이상 그들을 종족별로 나누지 않았다.

오크나 드워프, 엘프처럼 외모에서 확연히 구분이 되면 상관이 없었겠지만 대부분 다른 차원에 살던 인간들이었기에 외형적인 부분만으로 종족별로 구분하기란 몹시 힘들었다.

생각해보니 말로만 평등을 외쳤지.

종족간의 차별이 알게 모르게 존재했던 것 같았다.

이지제국에는 아이러니하게도 대부분이 인간종족이었다.

세일란 족이 인간 노예를 선호했기에 이렇게 된 이유도 있겠지만 이지제국의 황제가 지구인이고 인간이었기에 인간과 외형이 다른 종족들이 조금씩 차별을 받는 경우가 생기고 있었다.

물론 지후가 만들어 놓은 법은 여전히 잘 지켜지고 있었지만 이곳은 지성을 가진 자들이 모인 곳이다. 시간이 지나면 조금씩 세력을 키울 터.

그랬기에 지후는 지난 번 무카스를 상대할 때 압도적인 폭력이 무엇인지 모두의 두 눈에 새겨준 것이다.

이대로라면 자기들끼리도 다시 계급사회를 이루거나 영지전 같은 것이 일어날 수도 있었기에 지후는 그들에게 소속감을 가지고 하나로 뭉칠 수 있도록 새로운 신분증을 나누어 주었다.

예전 차원이나 종족을 버리라는 것은 아니었고 다만 모두에게 새로운 증명서가 생긴 것뿐이었다.

이지제국의 일원이라는 신분증이었다.

기대이상으로 모두가 새로운 신분증을 좋아했다.

지후는 아무도 알지 못하도록 은밀하게 소문을 퍼뜨렸다.

태어난 곳은 다르지만 지금 우리는 같은 땅으로 이민을 와서 살고 있다고.

이런 소문과 함께 통일된 신분증을 사용하게 되니 조금이나마 이지제국 인들의 결속력이 올라가고 있었다.

그리고 각 영지별로 구분을 없앴다.

활발한 교류가 발전을 만드니까.

무기 같은 부분은 교류가 빠르게 이루어 졌지만 그 외의 것들의 교류는 그다지 원만하지 않았기에 지후는 특단의 조치를 내렸다.

이제는 그냥 하나의 이지제국이었고 각 종족별로 나뉘어 있던 영토의 구분을 없앴다.

지후는 각 종족들이 교류 없이 폐쇄적이게 사는 것을 원치 않았다.

물론 워낙 낙후된 문명을 살던 사람들이 선진문명을 따라가는 것은 쉽지 않았지만 폐쇄적으로 막고만 있으면 그건 더욱 오래 걸릴 뿐이었다.

교류가 있어야 서로를 인정하고 받아드릴 수 있으니까.

그래야 진정으로 이지제국이 하나가 될 수 있기에 지후는 각 종족들에게 이주의 자유를 주면서 어울리며 살아갈 수 있는 환경을 만드는 데 노력을 기울였다.

◆

새로운 신분증과 함께 지후는 이지제국이 단합할 수 있는 새로운 방안들을 모색했다.

하지만 병사들은 예외였다.

손발을 맞춰본 적이 없는 종족끼리 화합과 교류를 한답시고 섞어 놓으니 오히려 역효과만 났기 때문이었다.

여태까지 살아온 인생이 있는데 갑자기 섞여서 살아가라는 것도 억지였기에.

병사들만큼은 각 종족별로 움직일 수 있도록 하고 있었다.

생사가 오가는 전장이니 병사들이 가장 유기적으로 움직일 수 있는 게 정답이었기에.

그리고 이건 충분한 시간이 필요로 한 일이었기에 급하게 서두르지는 않았다.

하지만 이지제국의 무기만큼은 종족에 관계없이 보급하며 사용법을 익히도록 했다.

병사들에게도 공통된 분모를 만들어놔야 나중에라도

융화를 시키기 쉬웠으니까.

더 이상 종족별로 살아가는 곳이 나뉘지 않았기에 22종족의 영주이자 대표였던 자들은 새로운 지위를 얻게 되었다.

지후는 각 종족별로 군단을 만들었고 영주였던 자들은 군단장이 되어 각 종족들을 이끌게 되었다.

딱히 바뀐 것은 없었다.

그저 누군가에게 불리는 호칭이 바뀌었을 뿐.

어느 정도 체계가 자리를 잡자 지후는 결속을 다지기 위한 노력에 박차를 가했고 그 결과 단합을 위한 사냥이 계획되었다.

지후는 그동안 사냥을 무조건 열 그룹으로만 움직이도록 했다.

그것도 위성으로 관찰한 뒤에 위치를 정해주었고 위성으로 위험을 감지하는 팀들이 따로 운영되고 있었다.

예전 세일란 족에게 당했던 것처럼 사냥터에서 당하는 것은 이제 사양이었기에.

혹시라도 법을 어기고 사냥을 나가거나 지정된 사냥터를 이탈한다면 지후는 강력한 처벌을 하겠다는 뜻을 확고히 밝혔다.

법을 어기는 자들을 구하기 위한 구조대는 파견하지 않는다고 못을 박았고 만약 살아 돌아온다면 자신의 손에 죽임을 당할 거라는 무시무시한 말을 발표했다.

지후가 저렇게 말을 하는데 무시한다?

예전이라면 간혹 그런 간덩이가 부은 놈들이 있을 수도 있었겠지만, 이제는 더 이상 황제를 상대로 감히 시험을 하려는 자들은 없었다.

황제가 자신이 뱉은 말은 어떻게든 지킨다는 사실을 그동안 지켜봤기에 감히 그럴 엄두조차 내지 못했다.

법을 어긴다면 자신의 가족이 아니라면 이유도 묻지 않고 단숨에 죽여 버릴 사람이 지금 이지제국의 황제이기에.

그게 자신들이 알고 있는 황제였고 그동안 보아온 이지후였다.

요즘 세상에 이런 법은 말도 안 된다고 할 수 있었지만 그에게는 충분히 말이 되는 일이었다.

그 어떤 법보다 위에 있었고 법이 통용되지 않는 자였으니까.

그에게 누구도 그 어떤 불평불만도 말하지 않았다.

들을 인간도 아니지만 그가 모두의 생존을 짊어지고 힘겹게 살아간다는 사실을 알고 있었으니까.

알고는 있지만 그의 가벼운 언사와 행동이 그 사실을 종종 잊게 해서 문제였지만.

그가 나름 황제로서 잘하고 있는 것을 알고 있기에 백성들은 그저 철부지 황제의 만용정도로 이해하고 넘어갔다.

물론 그렇게 해야 자신들의 마음이 조금이라도 편했으니까.

소통의 부재만큼 답답한 게 없으니까.

이지후를 황제로 모시기에.

백성들도 그를 조금씩 닮는지 생각이 점점 짧아지고만 있었다.

드디어 단합을 위한 사냥이 개최되었고 안전지대에는 최소한의 치안을 유지할 병력만 남겨둔 채 전군이 사냥터로 이동하고 있었다.

비록 사냥이었지만 웅장함을 자랑하는 이지제국의 이동요새는 오늘도 그 위엄이 넘치는 모습을 드러냈고 사냥터를 향해 앞장서서 움직이고 있었다.

한편 이동요새라고 불리는 성벽위에서는 긴장감이라고는 전혀 찾아볼 수 없는 그림이 연출되고 있었다.

“오빠~ 아 해봐요~”

불길하다.

지후의 본능이 그렇게 말하고 있었다.

“지후씨~ 얼른 아 해봐요~ 오늘이 발렌타인 데이라서 저희가 특별히 수제 초코렛으로 직접 만들었어요.”

수제…? 너희가…?

지후의 입은 쉽게 열리지 않았다.

그렇다고 보는 눈도 많은데 거절하기가 쉽지는 않았다.

지후는 미심쩍은 표정을 지으며 입을 벌렸다.

"아…."

지후의 입안으로 아영과 소영이 만든 초코렛 두개가 들어왔다.

지후의 양 볼에 하나씩 초코렛이 들어왔고 지후는 혀를 움직여 맛을 음미했다.

수제라고 말했을 때 눈치 챘어야 했다.

보통 초코렛은 달달한 게 정상인데….

이건 써도 너무 썼다.

사약은 아닐 텐데….

"무슨 초코렛이 이렇게 써!"

혀로 맛을 느끼는 것이 너무 힘들어 빨리 깨물어 넘기기 위해 지후는 초코렛을 깨물었다.

방금까지는 그냥 시작이었을 뿐이다.

입안을 얼얼하고 그 어떤 맛도 느껴지지 않았다.

이상하게도 몸이 베베 꼬이고 뒤틀리는 듯한 맛이었다.

"끄읏…."

"오빠~ 써도 꾹 참고 먹어요."

"맞아요. 특별히 공진단으로 만든 초코렛이에요."

공진단 겉에다가 초코렛 입힌다고 그게 초코렛이냐!

그리고 무슨 공진단이 이렇게 써!

이 똥손들아! 대체 초코렛으로 무슨 짓을 한 거야!

지후의 표정은 일그러질 대로 일그러졌고 그런 지후를 보면서 윌슨은 낄낄거리며 웃고 있었다.

그 모습이 괴로움을 견디고 있던 지후의 눈에 보였고 지후는 바로 초코렛을 한아름 집어서 윌슨의 입에 쑤셔 넣었다.

"으으으읍. 으으으으아악."

윌슨은 발악을 했지만 지후의 손바닥은 윌슨의 입을 막아버리고 있었고 순식간에 지후의 손은 윌슨의 몸을 점혈해 움직임을 봉해버렸다.

움직일 수 있는 것은 입 밖에 없었고 결국 윌슨은 사약 같은 초코렛을 다 먹어야만 했다.

지후는 윌슨에게 초코렛을 먹이고 의기양양해 하고 있었지만 등 뒤에서 느껴지는 한기에 잠시 몸을 떨었다.

등 뒤에서 느껴지는 한기의 정체는 아영과 소영이었다.

분노와 실망이 뒤섞인 눈빛으로 지후를 바라보고 있었고 그제야 지후는 아차 싶었지만 이미 물은 엎질러진 뒤였다.

"정말 너무해요."

"우리가 힘들게 만들었는데…."

그러니까 왜 만들어! 우리가 가오가 없지! 돈이 없냐! 돈도 썩어 넘치는 데 왜 만들어 만들기는! 시중에 맛있는 게 널리고 널렸는데!

차마 입 밖으로 내뱉진 못했지만 지후도 나름 억울했다.

사람이 먹을 수 있는 걸 만들어 온 게 아니었으니까.

물론 지후의 기준에 윌슨은 사람이 아닌 샌드백이어서 괜찮다.

"미안…. 그런데 다시는 그런 거 만들지 마."

"왜요?"

"그렇게 맛이 없었어요?"

응!

일단 화제를 돌려야 한다.

그래야 가정의 평화를 지킬 수 있다.

"아니… 나는 너희들 손에 물 묻히는 거 싫어. 그러니까 나한테 이런 거 만들어 주려고 하지 마. 계속 내 옆에만 있어. 그게 나한텐 최고의 선물이야."

지후의 말에 아영과 소영은 조금은 풀어진 듯한 표정을 짓고 있었고 지후도 속으로 안도의 한숨을 쉬었다.

이제 쐐기를 박을 차례였다.

"이제 한 달 뒤면 화이트데이잖아? 난 꼴랑 사탕하나 주면서 생색내는 짓은 못하겠어. 그런 건 윌슨 같은 놈이나 하는 거지."

"그럼요….?"

"그래도…."

"날 가져. 내가 선물이야."

"오빠…."

"지후씨…."

두 사람은 초롱초롱한 눈망울로 지후를 바라보고 있었다.

저 눈빛은 누가 봐도 사랑에 빠진 눈빛이었고 콩깍지가 사람을 이렇게 망치는 구나 싶었다.

"뭐 그런 음란한 눈빛으로 쳐다봐? 여긴 병사들도 많아서 안 돼."

내가 좀 유해하긴 하지.

옛날부터 여자들에게는 마약보다 끊기 힘들었으니까.

미친 황제였기에….

미친 멘트를 해도 전혀 이상하지 않았다.

아영과 소영도 미친놈과 살을 부대끼고 살다보니 정상이 아니었던 것인지.

이 미친 멘트에 감동을 받은 듯이 안구에 습기가 차오르고 있었다.

윌슨은 여전히 캑캑대며 성벽 위를 구르며 눈으로 폭포를 쏟아내고 있었고 그걸 지켜보는 몇몇 병사들은 속으로 한숨만 쉴 뿐이었다.

물론 이런 여유로움이 계속 지속될 수는 없었다.

아무리 이지제국이 강해졌다고 해도 이곳은 차원전장이었다.

이지제국이 강해지는 만큼 다른 종족들도 강해지고 있었고 다른 종족들도 세력을 넓히고 있었다.

사실 차원전장에서 3승을 올린 종족은 길가에 굴러다니는 돌멩이만큼이나 많았다.

그리고 거기까지가 한계인 종족이 대부분이었다.

이지제국은 사실 이제 막 걸음마를 뗀 것이지만 세력은 5~6승 정도를 올린 정도의 규모로 커져있었고 그랬기에 지금 기세가 장난이 아니었다.

하룻강아지 범 무서운 줄 모른다는 말이 딱 들어맞았다.

어느새 긴장감은 사라져 있었고 마치 차원전장을 수없이 누빈 베테랑들처럼 여유가 넘쳤다.

사실 차원전장에서는 베테랑들도 이렇게 여유가 넘치진 않았다.

지금처럼 사냥터에 나와서는 더더욱.

방심은 금물이라는 말을 잊은 이지제국의 앞날은 결코 순탄하지 않았다.

"전방에 몬스터 때가 있습니다."

"위성 연결해."

위성에서 보내오는 몬스터 때들은 그렇게 위협적으로 보이지 않았다.

사실 차원전장에 위험하지 않은 몬스터가 어디 있겠는가?

다들 어떻게 차원전장에 오게 된 것인데.

하지만 긴장감은 사라진 채 방심하고 있는 이지제국의 병사들은 대수롭지 않게 여기고 있었다.

물론 그럴 만도 했다.

그동안 너무 쉽게 승리를 얻었으니까.

언제나 지후가 전쟁에 앞장서서 승리를 전해왔으니까.

지금도 이동요새와 함께 위성에 표시되는 적들이 있는 곳을 새로 개발한 무기들로 폭격하면 적들은 순식간에 포화 속으로 녹아버렸기 때문에 누구도 차원전장을 더 이상 생존을 위해 목숨을 걸고 싸우는 곳으로 생각하고 있지 않았다.

새로 개발된 무기는 업그레이드 무기들보다도 강력한 화력을 자랑했고 엄청난 위력을 보여줬다.

이지제국의 병사들에게 지금 사냥은 마치 재미있는 fps 게임의 현실버전 같은 것이었다.

어느새 이곳이 차원전장이라는 사실을 잊고 게임을 하고 있다고 망각하고 있는 병사들이 늘어만 갔다.

이지제국의 병사들은 하나 둘 무기에 취해서 경각심을 잊기 시작했고 그 결과는 얼마 지나지 않아 재앙으로 나타났다.

"전방에 고 에너지 접근!"

"실드로 막아!"

너무 안이한 대처였다.

사실 고에너지 공격이라고 해도 여태까지는 실드로 가볍게 막아냈기에 그런 공격일 것이라 생각하고 대처를 제대로 하지 못했다.

지후도 성벽위에서 웃고 떠드느라 제대로 감지하지 못했다.

지후 또한 병사들과 다르지 않았다.

방심하고 있었고 고 에너지가 지척해 도착해서야 그동안 공격과는 차원이 다르다는 사실을 눈치 채고 있었다.

다급하게 소울아머를 입으며 소울 실드를 펼쳤지만 상황은 겨우 최악을 면할 정도였다.

콰아아아아아앙!

엄청난 공격에 이동요새의 한 가운데에는 구멍이 뚫렸고 그 구멍과 함께 균열이 번져가며 병사들이 있는 뒤쪽을 향해 요새가 넘어지며 부서지고 있었다.

위쪽은 그나마 지후의 소울실드가 막아냈기에 피해가 없었지만 다른 곳은 달랐다.

이동요새는 단 한 번의 공격에 관통되었고 그 공격은 성벽만 믿고 방심하고 있던 이지제국의 병사들을 단숨에 공격했다.

이동요새를 관통한 공격은 이지제국의 병사들의 시체도 찾을 수 없도록 단숨에 녹여버렸다.

그리고 부서진 이동요새의 잔해들은 병사들에게 치명적인 피해를 주고 있었다.

워낙 무겁고 단단한 재질들로만 만들었기에 그 잔해를 피하는 것만으로도 상황은 순식간에 아수라장으로 변하고 있었다.

◆

이동요새의 성벽위에 있던 지후와 지후의 소울실드로 보호받은 병사들은 어렵지 않게 땅으로 착지를 한 뒤 전방을 바라봤다.

다른 사람들은 보이지 않을지 모르지만 지후의 눈에는 똑똑히 보이고 있었다.

5km 정도 떨어진 거리에서 지후가 있던 성벽을 향해 입을 벌리고 있는 레드 드래곤이.

아직 레드 드래곤의 입에서 연기가 나는 거로 보아 방금 공격이 브레스였다는 사실을 지후는 눈치 챌 수 있었다.

먼 거리였지만 지후와 레드 드래곤은 서로의 눈을 마주보고 있었다.

레드 드래곤의 큰 눈동자는 지후를 비웃고 있는 듯 했다.

"인사는 잘 받았냐?"

레드 드래곤과 눈을 마주치자 레드 드래곤의 눈은 인사는 잘 받았냐며 지후를 조롱하고 있었고 지후는 입술을 꽉 깨물며 주먹을 말아 쥐었다.

"빌어먹을 도마뱀 새끼……."

당장이라도 저 빌어먹을 도마뱀의 면상에 주먹을 날리러 가고 싶었지만 일단은 이곳의 수습이 우선이었다.

드래곤의 브레스에 의해서 이동요새는 완파되었고 현재 계속 부서지는 중이었다.

그리고 무너지는 성벽의 잔해를 피하느라 병사들은 우왕좌왕하고 있었고 브레스에 의해서 녹아버린 대지는 여전히 뜨거운 수증기를 뿜어내고 있었다.

그 곳에 이지제국의 병사는 애초에 없었던 것처럼 그 어떤 흔적도 남아있지 않았다.

단숨에 이지제국의 병사들은 브레스에 의해 죽음을 당했고 간신히 직격을 피한 몇몇이 비명을 지르며 살려 달라 울부짖고 있었다.

화상의 고통도 장난이 아닌데 몸이 녹아내렸으니 그 고통은 지켜보던 이들조차 말로 표현하기가 힘들었다.

지후와 함께 성벽에서 내려온 사람들은 그저 허망하다는 듯이 참사의 현장을 지켜보고 있었다.

"감상은 나중에! 일단은 수습이 우선이야!"

지후의 말에 다들 상념에서 깨어나 울부짖고 있는 병사

들을 구하기 위해 몸을 날렸다.

지후는 무너지는 성벽을 향해 아공간을 열었다.

다행히도 지후의 아공간에 모두 빨려 들어갔고 더 이상 이지제국의 병사들이 잔해를 피하기 위해 애쓸 필요는 없었다.

상황은 빠르게 수습되어 갔고 다들 정신을 차렸는지 그동안 훈련했던 대로 진영을 만들고 있었다.

모두의 가슴속에 든 생각은 단 하나였다.

"방심했다."

다시 한 번 모두는 이곳이 차원전장이라는 사실을 상기하며 놓고 있던 긴장의 끈을 잡았다.

부상병들은 한데 모아 지후가 열어준 게이트를 통해 안전지대에 있는 병원으로 이송됐다.

지후나 이지제국의 병사들이 정신을 차리며 무장을 가다듬으려고 할 때 하늘에선 화살비가 쏟아지기 시작했다.

"모두 수비대형으로!"

윌로드는 병사들을 향해 바로 명령을 내렸다.

역시 국방부 장관이자 한 나라의 왕자였던 만큼 윌로드는 리더십이 뛰어났다.

형제지만 윌슨과는 너무 다른 행보였고 그나마 윌로드의 빠른 대응이 지후에겐 위안이 되었다.

지후도 소울실드를 펼치며 방어를 도왔다.

하지만 적들의 화살에 담긴 기운들이 하나하나 범상치 않았다.

모든 화살이 그런 건 아니었지만 마법을 품고 있는 화살들이 적지 않았고 투창이라고 해도 믿을 법한 화살들도 간간히 섞여 있었다.

이지제국의 병사들도 무식하리만치 끊임없이 쏟아지는 화살비에 조금씩 무릎을 꿇으며 무너지고 있었다.

10분정도를 막아내자 드디어 화살비가 멈추었다.

운이 없게도 손을 쓸 수 없는 곳에 화살을 맞아 즉사를 당하지 않은 경우를 제외하곤 대부분의 이지제국 병사들은 간단한 상처만을 입은 채 살아 있었다.

워낙 새로운 슈트의 방어력이 높았기에 쉽게 죽을 일은 없었다.

문제라면 화살비가 멈췄지만 바로 지척까지 적의 대군이 접근해 있다는 사실이었다.

이지제국이 화살비를 막고 있는 사이 적들은 이지제국의 지척까지 접근했고 지금 이 순간 흉흉한 기세를 뿜으며 이지제국의 병사들이 재정비를 할 틈을 주지 않고 달려들고 있었다.

"죽여라!"

"적들이 정신 차릴 틈을 주지 마라!"

"어서 몰아 붙여!"

적진에서 들리는 흉흉한 소리와 함께 몬스터 때들이 마치 파도처럼 이지제국의 병사들을 덮쳤다.

"방패수들은 절대로 뚫리지 마!"

"진영을 사수해!"

이지제국군의 방패수들은 아쉽게도 적들의 돌진을 막아내지 못했다.

화살비를 막아내느라 이미 많은 체력을 쏟았고 치료를 받을 틈도 없었기에 방패수들은 몬스터들의 돌진을 저지하지 못했다.

사실 대형을 갖출 틈도 없었다.

화살세례가 끝나자 적들이 바로 돌진을 해왔기 때문에 부상을 떠나서 그들을 막아낼 수 있는 대형을 갖추지도 못했다.

"끄아아악!"

"끄억!"

"으아아아악!"

이지제국의 진영으로 순식간에 난입한 적들은 병사들을 학살하기 시작했고 이지제국 병사들의 비명이 사냥터에 울려 퍼졌다.

다행스럽게도 군단장들과 아스코드차원계의 기갑군단들이 빠르게 적들을 막아내며 후방은 조금이나마 대열을 가다듬을 수 있었다.

이런 난전 상태에서 가장 돋보인 군단은 무카스가 이끄는 군단이었다.

무카스를 필두로 한 군단은 아수라장에 빠진 전장에 빠르게 돌격했고 적들을 몰아붙이고 있었다.

불과 몇 일전까진 가죽팬티 한 장을 걸치고 전투에 임했지만 지금의 그들은 아니었다.

물론 지금 대부분의 이지제국 병사들이 입고 있는 슈트로는 그들이 마음껏 움직이긴 불편했기에 좋은 가죽과 급소부분을 가리는 금속으로 방어력이 뛰어난 갑옷을 만들어 주었다.

그랬기에 지금 그들은 예전보다 더욱 방어를 생각하지 않는 공격일변도의 행동이 가능했다.

방어를 배제한 그들의 움직임은 예전보다 더욱 날카롭고 뛰어났다.

그들의 변칙적인 공격은 적들도 겪어본 적이 없는지 당황하며 밀리고 있었다.

이지제국으로 편입 됐지만 그들의 야생적인 움직임은 여전했다.

무카스의 전진과 함께 이지제국 병사들도 대열을 갖추며 적들을 향해 총을 겨누고 발포하기 시작했다.

무카스의 부대가 활로를 뚫자 아스코드차원계의 기갑 군단이 적들을 향해 본격적인 폭격을 가하기 시작했다.

이지제국은 조금씩 전열을 가다듬으며 정신을 차렸지만 그사이에 입은 피해가 너무나 뼈아팠다.

물론 적들도 이 정도 공격으로 안 된다는 사실을 알고 있었는지 흙먼지를 일으키며 달려오는 엄청난 대군이 눈에 들어왔다.

"정신 바짝 차려!"

"이대로 개죽음을 당할 생각이냐?"

"아닙니다! 이제 좀 살만해 졌는데 여기서 개죽음 이라뇨!"

이지제국의 병사들은 몰려오는 적들을 바라보며 이마에서 흘러내리는 땀을 닦아냈다.

이따위 기습에 더는 당할 수 없다며 방심하고 있던 스스로를 채찍질하며 전투에 임하는 각오를 새로 다졌다.

방금 전의 공격이 파도였다면 지금은 마치 쓰나미가 밀려오는 것만 같은 형국이었다.

점점 이지제국을 향해 밀려오는 흙먼지는 아까와는 비교조차 할 수 없었고 흙먼지로 인해 적진의 하늘은 뿌옇게 변하고 있었다.

트롤, 오우거, 스톤 골렘, 미노타우루스 등이 달려오고 있었고 가까워질수록 땅이 울렁이며 지진이 일어난 것 같은 떨림을 주고 있었다.

적들이 달려오며 뿜어내는 그 압박감은 너무나 무시무시했다.

예전이라면 이지제국의 병사들은 겁에 질리거나 얼어붙었을 것이다.

하지만 지금의 이지제국엔 지구인들보다도 다른 종족들이 더 많았고 그들은 저런 적들과의 전투가 익숙한지 담담했다.

몰려오는 적들을 바라보며 지후는 주먹을 부르르 떨었다.

게이트를 열고 후퇴를 해야 하는지 적들과 맞서 싸워야 하는지 고민에 고민을 거듭하고 있었기 때문이다.

그리고 뒤를 돌아봤을 때 지후는 자신이 쓸데없는 고민을 하고 있었다는 사실을 알 수 있었다.

병사들의 눈빛은 후퇴란 없다고 말하고 있었다.

다시는 방심하지 않겠다는 눈빛과 떠나더라도 이 빚은 갚고 떠나야 한다는 눈빛이었다.

이미 전쟁을 치를 만반의 준비가 되어 있는 병사들을 보며 지후는 그런 고민을 했다는 사실이 병사들에게 미안했다.

자신이 병사들을 믿어주지 못한 것만 같았기 때문이다.

자신만큼이나 병사들도 분해하고 있었고 적들에게 갚아주고 싶어 하고 있었다.

지후가 만약 후퇴를 명령했다면 아마도 이지제국의 사기는 바닥으로 떨어졌을 것이다.

그저 도망친 패배자가 되는 것이니까.

그런 식으로 도망가는 건 세일란 족이 마지막이어야만 했다.

매번 사냥을 나올 때마다 그래선 안 되기에.

병사들과 눈빛교환을 나눈 지후는 후퇴를 포기하고 적들과 본격적으로 싸우기로 마음을 먹었다.

지후의 곁에는 어느새 따까리가 소환되어 달려오는 적들을 향해 살기어린 붉은 안광을 밝히고 있었다.

지후는 모두를 바라보며 오랜만에 명령을 내렸다.

"죽여라! 그리고 살아남아라! 나는 너희들이 내 뒤를 지켜줄 것이란 사실을 믿어 의심치 않는다. 나는 도마뱀새끼 면상을 좀 후려치고 와야 겠으니까 내가 도마뱀을 잡고 올 때까지 적들을 죽이고 살아남도록."

"예! 폐하!"

"뒤는 걱정하지 마시고 다녀오십시오!"

이지제국의 병사들과 지후는 한마음 한뜻으로 뭉쳐져 있었고 모두가 달려오는 적들을 향해 함성을 지르며 달려들었다.

채앵! 챙!

콰앙!

퍽!

타당탕탕탕탕!

밀려오는 적들과 이지제국의 병사들이 부딪치며 전장은 아수라장이 되어갔다.

병장기가 부딪치는 금속소리와 이지제국의 병사들이 쏟아내는 총탄 소리가 전장을 쩌렁쩌렁하게 울리고 있었다.

지후의 기감에 잡히는 도마뱀은 아직 움직임을 보이고 있지 않았기에 지후는 최대한 많은 적을 도륙한 뒤 도마뱀과 붙을 생각이었다.

언제나 싸움은 기선제압이 중요하니까.

미노타우루스와 이지제국의 병사들이 본격적으로 공방을 나누기 시작했고 트롤이나 오우거, 골렘들은 따까리와 아스코드 기갑군단과 필사적인 전투를 벌이고 있었다.

길게 보고 가는 싸움이 아니었다.

상대를 전략적으로 상대하려고 하기 보다는 각자 할 수 있는 최선을 다해 싸워야 하는 순간이었고 전력을 아낀다는 건 바보 같은 짓이었다.

그러다 죽으면 그저 아끼다 똥 된 것이기에.

이지제국의 병사들은 뒤를 안배하지 않고 현재 자신들이 할 수 있는 최선을 다해 싸우고 있었다.

콰앙!

콰아앙!

워낙 큰 덩치들의 전투였기에 병사들은 그들의 전투에

휘말리지 않는 것도 신경을 써야할 일이었다.

미노타우루스들이 내려치는 도끼의 힘은 어마어마했다.

아마 새로운 슈트를 입지 않았다면 단숨에 으깨졌을지도 모를 엄청난 힘이었다.

다행히도 이지제국의 병사들 대부분이 새로운 슈트를 입고 있었기에 크게 밀리는 모양새는 아니었다.

물론 새로운 슈트를 입고 있지 않는 병사들도 많았다.

대표적으로 무카스가 이끄는 군단이 그랬는데 그들은 그들 나름대로의 방법으로 적들을 공격하고 있었다.

빠른 몸놀림으로 적의 공격을 피한 뒤 순식간에 적을 압살하는 스타일의 공격으로 미노타우루스들을 상대하고 있었고 그 모습은 마치 며칠 굶은 도사견을 풀어 놓은 것만 같았다.

"막아!"

미노타우루스들은 무카스의 부대에게 철저히 농락당하고 있었고 그들의 뒤를 이어 다른 군단들도 쉴 틈 없는 공격을 퍼부었다.

그동안 해온 훈련이 있었기에 제대로 정신을 차린 이지제국은 조금씩이지만 적들을 압도하기 시작했다.

여러 종족이 모여 장점만을 취합해 만든 전술이었고 당장 연습이 된 전술도 지금 사용하고 있는 전술 하나밖에 없었다.

종족이 많이 늘었기에 그동안 사용하던 전술을 그대로 사용할 수 없었고 새로 만든 전술은 지금 사용하고 있는 전술뿐이었다.

무기를 들고 직접 근접전투를 하는 군단들이 적들을 공격하면 후방에선 저격을 하며 공격해 적들에게 쉴 틈을 주지 않았다.

그런 식으로 공격이 유기적으로 이어지자 미노타우루스들은 쉽사리 활로를 찾지 못하고 패닉에 빠지고 있었다.

물론 적진 한복판에선 지후가 홀로 적들을 흔들고 있었기에 적들은 신경이 분산되어 더욱 정신을 차리기가 쉽지 않았다.

이지제국군이 조금씩이지만 승기를 잡아가고 있는 그 순간.

지후의 이어폰에서는 다급한 음성이 들려왔다.

"전방에 다시 한 번 고 에너지가 접근합니다!"

뿌연 흙먼지를 뚫고 날아오고 있는 시뻘건 광선.

모든 걸 녹여버릴 것 같은 드래곤의 브레스가 다시 한 번 이지제국의 병사들을 향해 날아왔다.

지후는 날아오는 브레스를 향해 주먹을 꽉 말아 쥐며 뛰어 올랐다.

지후의 오른손에는 황금빛 권강이 찬란한 빛을 뿜어내고 있었다.

모든 걸 삼켜버릴 것만 같은 드래곤의 브레스와 지후의 권강이 충돌하고 있었다.

'천왕삼권. 제 일 식. 파천.'

지후의 오른 주먹을 어퍼컷을 하듯이 아래에서 위로 올려쳤고 황금빛 강기가 소용돌이치며 브레스와 충돌하고 있었다.

하지만 지후의 권강은 얼마 버티지 못하고 브레스에 의해 삼켜지고 말았다.

드래곤은 지후의 공격이 자신의 브레스에 별다른 피해를 주지 못하자 더욱 기고만장했다.

지후의 일격은 실패한 것처럼 보였지만 실패한 게 아니었다.

이지제국의 병사들을 노리던 브레스는 지후의 공격으로 방향이 틀어져 엉뚱한 곳으로 날아가 지형을 녹이고 있었다.

지후는 애초에 브레스를 막을 생각이 없었다.

그러려면 너무 많은 영혼력이나 내공을 사용해야만 했기에.

그건 너무나 쓸데없는 낭비였기에, 그저 병사들이 다치지 않도록 브레스의 방향만 바꿀 생각이었고 결국 그렇게 만들었다.

브레스를 바라보던 드래곤의 기고만장한 표정이 일그러지고 있었다.

자신의 브레스가 그저 의미없는 대지를 녹이고 있는게 보였으니까.

지후에 의해 너무나도 쉽게 자신의 공격이 실패하자 레드 드래곤은 노성을 터뜨리며 지후에게 날아오고 있었다.

"이놈!"

지후는 날아오는 레드 드래곤을 바라보며 생각에 잠겼다.

지구에서도 레드 드래곤과 싸웠던 전적이 있기에.

지후는 그 당시에 어떻게 저 덩치가 큰 드래곤을 상대했는지 기억을 더듬어 보고 있었다.

그때 싸웠던 팔로스보다도 지금 눈앞의 드래곤의 덩치가 더욱 커보였다.

그 말은 즉, 때릴 곳이 더 많다는 뜻이었다.

지후는 날아오는 저 레드 드래곤이 쌓여있는 자신의 스트레스를 충분히 해소해주는 샌드백이 되어주리라 믿어 의심치 않았고 미소를 지으며 날아오는 드래곤을 바라봤다.

"이놈들! 어디 미개한 생명체들 따위가!"

레드드래곤의 흉폭하고 섬뜩한 피어가 전장에 울려 퍼졌고 원래대로라면 피어에 몸이 굳었겠지만 지후에 의해 막히고 말았다.

"갈!"

지후의 사자후와 드래곤 피어가 정면으로 충돌했고, 충돌과 함께 운석이라도 떨어진 듯 양쪽으로 쓰나미와 같은 엄청난 충격파가 터져나갔다.

지후는 눈앞의 드래곤이 팔로스보다도 훨씬 강하다는 사실을 알 수 있었다.

하긴 고작 파수꾼이었던 팔로스와 지금 차원전장을 누비고 있는 적을 비교해선 안 되는 거였다.

물론 지후도 그때와는 비교가 불가능할 정도로 강해졌기에 지후는 자신감이 넘치고 있었다.

브레스에 이어 자신의 피어를 막아내자 드래곤의 눈동자가 번쩍 뜨였다.

상상해 본 적도 없다.

자신의 브레스와 피어를 막아내는 인간을.

"넌 대체 뭐지? 어떻게 인간주제에…."

"뭔 개소리야? 아니지. 뭔 뱀소리야? 차원전장이 원래 이런 곳 아니야? 새삼스럽게 왜 이래? 아마추어처럼."

"그렇지만…. 고작 인간이 내 브레스와 피어를…."

"그럼 오늘 고작 인간한테 뒈지게 맞아 보던가. 아니 뒈지게 될거야."

"건방진 놈!"

"시끄러 빨갱이 새끼야. 여기까지 입 냄새가 나잖아. 양치질은 하고 사냐?"

지후는 한 손으로 코를 붙잡고 정말 심각한 썩은 내가 난다는 듯 표정을 찡그리며 말을 하고 있었다.

사실은 아무 냄새도 나지 않았다.

그저 더욱 쉽고 빠르게 눈앞의 드래곤을 요리하기 위해 도발을 하고 있을 뿐이었다.

"이 이놈! 오늘 아침에 물의 정령들이 양치를 해줬거늘! 그리고 감히 드래곤 로드인 나 케이라에게 빨갱이라니! 어디서 그런…."

"시끄러 이 빨갱이 새끼야! 어디서 구라야. 입에서 똥내가 나구만. 드래곤은 입으로 똥 싸나?"

케이라….. 이름이 꼭 여자 같냐? 뭐 남잔지 여잔지 구분도 안 가지만. 그런데 인간 무시하는 건 너네 종특이냐? 예전에도 너랑 똑같이 생긴 새끼가 인간 인간 거리면서 무시하다가 x장 파열로 죽었었는데.

너도 오늘 후x 조심해라.

그리고 여기가 차원전장이라는 사실을 잊지 말았어야지.

나를 아주 대놓고 무시하고 있는데…

너희 세계의 인간이 어땠을지는 모르지만 내가 생각하기에 적어도 차원전장에서 무시 받을 만한 종족은 없거든.

다들 자격이 되니까 이곳에서 생존을 위한 투쟁과 몸부림을 하는 걸 테니까.

케이라를 바라보던 지후는 윌슨을 힐끔 바라봤다.

윌슨은 지후의 눈빛을 읽은 것인지 자신의 우산을 들고 먼 곳으로 달려갔다.

빨랐다.

윌슨이 저렇게 빨랐나 싶을 정도로 지후와 멀어지는 윌슨의 움직임을 빨랐다.

'이럴 땐 정말 눈치가 빠르단 말이지. 저 우산이 딱이긴 한데.'

윌슨은 호흡도 잊은 채 필사적으로 달렸다.

지후가 있는 곳과 정 반대로.

이제야 자신의 우산에서 냄새가 안 나는 것 같은데 또 다시 그 악몽을 재연하고 싶지는 않았으니까.

"감히 인간 따위가 나에게 이런 모욕을…."

"너 오늘 인간 따위한테 죽어야겠다. 정말로 똥을 쳐 먹었나 도저히 냄새 때문에 집중이 안 되네. 혹시 그것도 네 공격기술중 하나냐? 네가 아까 날린 브레스보다 훨씬 위협적인데?"

"크아아아아아악!"

도발이 제대로 먹혔다.

케이라는 괴성과 함께 그 큰 몸을 이끌고 지후를 향해 손바닥을 휘둘렀다.

쉬이익!

엄청난 풍압과 함께 지후를 당장이라도 찢어발기겠다는 의지가 강하게 느껴지는 손톱공격이 이어졌다.

케이라의 손톱에 지후의 몸이 순식간에 두 동강나고 있었다.

그걸 바라보며 케이라는 자신의 공격에 지후가 당했다고 생각했다.

그런데 이상하게 손에 닿는 느낌이 없었다.

워낙 하찮은 존재여서 그런 거라고 잠깐 생각했지만 아무리 생각해도 이상했다.

저런 갑옷을 입은 자가.

자신의 공격을 어렵지 않게 막아낸 자가?

하지만 케이라는 그저 인간의 한계였다는 결론을 내리며 콧김을 뿜었다.

케이라가 손톱이 벤 건 사실 지후의 이형환위가 남긴 잔상이었다.

지후는 케이라의 콧구멍 앞에 나타나 있었다.

예전에 팔로스와의 싸움에서 배운 게 있었다.

드래곤의 몸이 어지간한 공격엔 상처도 안날 정도로 정말 단단하다는 사실과.

그들의 마력은 무한에 가까워서 회복까지 엄청나게 빠르다는 사실을.

무한에 가까운 그 마력을 소모시키려면 엄청난 타격을 입혀야 하고 그렇게 하려면 어떻게 해야 하는지 팔로스를 두들겨 보고 얻은 소중한 지식이 지후에게 있었고 오늘 케이라에게 스트레스를 해소하며 충분히 사용할 참이었다.

'천왕삼권. 제 일 식.'

"파천!"

지후의 오른손이 케이라의 오른쪽 콧구멍을 향해 휘둘러졌고 황금빛 강기가 소용돌이치며 케이라의 콧구멍으로 향하자 케이라는 엄청난 고통에 몸부림치며 괴로워했다.

지후는 케이라의 브레스를 막을 때보다 더욱 많은 기운을 이번 공격에 쏟아 부었다.

케이라의 눈알은 빠질 것처럼 튀어나오고 있었고 눈, 코, 입에선 핏물이 터져 나왔다.

"끄아아아악! 인간! 감히 인간주제에! 나를! 끄아아아악!"

지후는 케이라가 치료를 할 타이밍을 주지 않았다.

케이라를 향해 강기의 폭우를 쏟아 보냈고 케이라는 몸부림치며 강기를 맞고 있었다.

고통에 몸부림치느라 실드를 펼치지도 못하고 자신의 내부를 치료조차 못한 채 혼란에 빠져버린 케이라는 그 큰 몸뚱이로 바닥을 데굴데굴 굴렀다.

물론 강기로 공격을 한다고 해서 큰 피해를 주거나 치료마법을 사용하지 못하진 않겠지만 고통을 조금이나마 오래 느끼라는 지후의 소소한 배려였다.

지후의 공격은 의도하지 않았지만 케이라의 뇌를 건드렸기에 일시적으로 사고가 정상적이지 않았던 케이라는 지후의 강기를 속수무책으로 맞을 수밖에 없었다.

병사들과 적들은 케이라의 몸뚱이가 발악하는 것을 피하기 위해 전장에서 빠르게 멀어지고 있었다.

저 발버둥에 휘말리기라도 한다면 바로 사망각이었다.

그런 개죽음은 사절이었기에 윌로드의 퇴각 신호를 보자마자 병사들은 빠르게 멀어졌다.

어느 정도 발악이 끝난 뒤 케이라는 자신의 몸을 치료하며 지후를 바라봤다.

너무나 창피하고 굴욕적이었다.

인간 따위에게 이런 고통을 받을 줄이야.

자신이 이렇게 바닥을 구르며 발버둥을 치게 될 줄이야.

한 번도 겪어본 적이 없는 고통을, 그것도 고작 인간 따위에게 당해서 그런 모습을 보였다는 사실에 케이라는 이성적으로 생각을 할 수가 없었다.

수치스럽고 치욕적인 마음에 케이라는 몸이 다 회복되기도 전에 몸을 일으키며 지후를 향해 공격을 시작했다.

"죽어라! 죽어! 벌레만도 못한 인간 따위가! 감히 위대한 종족인 나를!"

케이라의 발버둥을 피해 멀찌감치 떨어져서 지켜보던 병사들은 보는 것만으로도 오금이 저리는 것 같았다.

케이라가 움직일 때마다 마치 파도가 치듯이 대지가 울렁거리며 지반들이 튀어 올랐다.

정말로 땅에서 파도가 치는 것만 같았다.

케이라의 움직임과 함께 대지의 파도는 거세게 치고 있었고 그걸 바라보는 병사들은 월로드의 퇴각신호가 신의한 수였다며 거듭 칭찬했다.

케이라의 몸으로 이정도 움직임을 낸다는 것 자체가 워낙 대단한 일이었고 충분히 빨랐지만 상대가 너무 나빴다.

사실 충분히 빨랐다는 말은 이상했다.

지후가 자신의 공격을 요리조리 피해내자 케이라는 블링크로 움직이며 공격을 하고 있었으니까.

케이라의 몸이 워낙 컸기에 작은 동작만으로도 지후는 케이라가 어디를 어떻게 공격할지 예측할 수 있었고 여유롭게 피해낼 수 있었다.

블링크도 어차피 마력을 사용하는 것이었기에 지후는 기감으로 케이라가 블링크로 나타날 장소를 미리 알고 있었다.

안 그래도 화가 머리끝까지 난 상태였고 분노로 이성이 날아간 상태였는데 지후가 자신의 공격을 너무 쉽게 피해내니 케이라는 더욱 분노에 눈이 멀어가고 있었다.

"이런 쥐새끼 같은 놈!"

케이라는 화가 난 마음에 지후를 향해 다시 한 번 브레스를 날리기 위해 마력을 끌어 모았다.

지후를 노리는 듯 했지만 지후를 노리는 브레스가 아니었다.

눈앞의 인간은 자신을 농락하듯 너무나 여유 있게 공격을 피해내고 있었으니까.

일단은 눈앞의 인간에게 고통을 느끼게 해주고 싶다는 생각뿐이었다.

그리고 자신의 세계에서 봐왔던 인간들을 떠올렸다.

인간들은 이상하게도 자신이 다친게 아니어도 타인의 아픔에 같이 아파했다.

그랬기에 케이라는 지후가 아닌 먼 곳에서 지켜보고 있는 이지제국의 병사들을 향해 브레스를 쏠 생각이었다.

"모두 죽어라!"

고함과 함께 케이라의 입에서는 엄청난 마력이 뭉쳐지며

쏘아지려 하고 있었다.

케이라의 입이 벌어지는 그 순간.

지후는 브레스를 날리는 케이라의 얼굴을 차버렸다.

케이라의 브레스는 멈추지 않았고 지후의 공격에 케이라의 고개는 반대로 돌아가고 말았다.

케이라의 돌아간 고개가 바라보고 있는 곳은 이지제국의 병사들이 아닌 자신의 노예들이 있는 곳이었고 케이라의 입에서는 멈추지 않고 브레스가 발사되고 말았다.

콰아아아아앙!

케이라는 자신의 진영을 향해 브레스를 발사했다.

이번에도 지후에게 당했다는 사실과 자신의 대부분의 노예가 브레스에 의해 소멸한 것이 두 눈에 담기고 있었다.

케이라는 자신의 노예들이 소멸한 것이 분하지는 않았다.

귀찮은 일을 대신할 소모품이 없어졌을 뿐이다.

드래곤에게 노예란 딱 그런 존재였을 뿐이었다.

지금은 그저 자신의 의도가 방해받은 것이 분하고 화가 날 뿐이었다.

"이… 이…. 쥐새끼 같은 놈이!"

"이… 이…. 뱀새끼 같은 놈이!"

"건방진 노옴! 따라하지 마라!"

"따라하지 마라!"

유치했다.

하지만 케이라에겐 제대로 먹히고 있었다.

분노에 물들어 이성적인 생각을 못하고 있는 이유도 있겠지만 자신이 벌레라고 생각하던 하찮은 존재가 자신을 우습게보고 가지고 놀고 있다는 생각에 더욱 지후의 도발에 쉽게 걸리고 있었다.

지후는 끝까지 유치한 도발을 하고 있었고 그나마 잡고 있던 케이라의 이성의 끈이 결국 지후의 유치한 도발에 의해 끊어지고 있었다.

지후의 유치한 장난에 분노한 케이라는 이런 가벼운 도발에도 쉽사리 말려들 정도로 이성이 날아가 있었고 전신으로 마나를 방출하며 지후를 향해 돌진했다.

"죽어라!"

"반사!"

하는 말은 유치했지만 행동은 그렇지 않았다.

케이라가 지후를 향해 공격을 할 때마다 지반이 들썩이며 용솟음 쳤다.

하지만 지후는 케이라의 공격을 유유히 피하며 케이라의 이성이 계속 날아가 있도록 적당한 공격을 계속 치고 빠졌다.

끊임없이 치고 빠지기를 반복하니 더욱 화가 날 뿐이었다.

케이라의 움직임은 분노에 의해 잠식되어 보였고 더 이상 생각을 하고 움직이고 있다는 느낌이 들지 않았다.

지후는 때가 됐다는 생각에 입을 열었다.

"윌슨! 우산!"

지후가 사자후를 터뜨리며 윌슨을 불렀지만 아무런 대답도 응답도 없었다.

지후가 눈에 내공을 주입하며 윌슨의 기감이 느껴지는 곳을 바라봤다.

윌슨은 귀에 꼽고 있던 이어폰을 빼서 밟아 버린 뒤에 전력을 다해서 아무도 없는 곳으로 달리고 있었다.

'빌어먹을 새끼··· 진짜 그게 딱인데. 그게 진짜 잘 벌려주는데···.'

그저 넓게 벌리는 게 다가 아니었다.

윌슨의 우산에 있는 스킬인 불꽃이 필요했다.

내부를 태워버릴 수 있는.

그래서 윌슨의 무기가 필요한 것이었는데 저 철없는 인간은 그저 장난으로 알고 도망치고 있었다.

이지제국의 병사들은 웅성대며 대체 무슨 일이 일어난 것인지 이해하지 못하고 있었다.

'윌슨··· 조만간 보자···.'

지후는 도망치고 있는 윌슨을 생각하며 이를 꽉 깨물고 케이라의 공격을 피해냈다.

윌슨이 우산을 들고 튀었으니 이제는 플랜B로 움직여야 했고 지후는 케이라의 공격을 피하며 기회를 노렸다.

여전히 이성을 잃고 공격을 휘두르는 케이라의 공격은 허점투성이였다.

사실 허점이라고 할 수는 없었다.

지후가 아니라면 그 누구도 저 허점으로 보이는 몸뚱이를 공격해도 상처하나 입히지 못할 테니까.

케이라의 몸을 몇 뻔 때려보니까 팔로스의 단단했던 몸보다도 훨씬 단단하다는 사실을 알 수 있었다.

그랬기에 허점이 넘쳐나는 몸통은 아무리 때려봐야 무의미하다.

이성이 날아간 케이라도 본능적으로 자신감이 있기에 방어를 신경 쓰지 않고 있는 것이었다.

지후가 공격이 가능한 곳은 오직 눈, 코, 입, 그리고 뒷문이었다.

케이라의 성격이 팔로스보다도 더 단순하고 오만하다는 사실이 지후에겐 그나마 다행이었다.

팔로스는 지후가 공격하던 곳들을 철저히 방어했지만 케이라는 그러지 않았다.

그저 한 대만 맞아라 하고 미친 듯이 공격을 하고 있을 뿐이었다.

잡히지 않고 도망가는 모기를 잡기 위해 분노를 토해내듯

이성을 잃은 케이라는 지후가 있는 곳을 미친 듯이 공격하며 파괴했다.

케이라의 무식한 몸뚱이를 지탱하는 다리가 지후를 압사시키겠다는 듯이 지후가 있던 땅을 내려찍었다.

콰아앙!

지후는 가볍게 피한 뒤 튀어 오르는 돌덩이 틈에 몸을 숨기고 있었다.

그러다 케이라의 눈을 향해 몸을 숨기고 있던 돌을 던졌다.

돌에 눈이 직격된 케이라는 그저 눈을 깜빡이며 잠깐 주춤했다.

지후가 직접적인 공격을 한 게 아니었기에 바위정도로는 케이라의 안구에 먼지가 날아온 정도의 영향밖에 주지 못했다.

잠깐이었지만 케이라가 눈을 깜빡이는 사이 지후는 케이라의 발밑으로 이동했다.

지후는 양 주먹에 권강을 두르고 있었고 케이라의 발밑에서 점프해 수직으로 상승하고 있었다.

케이라의 몸과 가까워지자 지후는 몸을 뒤틀고 있었다.

'빨려들어가면 좆된다!'

지후는 브레이크를 걸며 양 주먹을 휘둘렀다.

눈 깜빡하는 사이에 사라진 지후의 기척이 묘한 곳에서 느껴지자 케이라는 고개를 숙이고 있었다.

안타깝게도 지후의 공격은 현재진행형이었다.

'소울쇼크!'

잽을 하듯이 가볍게 지후의 왼손이 케이라의 뒷문을 건드렸다.

운이 좋게도 스턴이 걸린 듯 움직이던 케이라의 고개가 멈추고 있었다.

바로 이어지는 지후의 오른 주먹은 외치고 있었다.

'천왕삼권 제 이식. 천지개벽!'

지후의 주먹이 케이라의 항문을 때리자 케이라의 항문이 벌어지며 순식간에 진공상태로 변하고 있었다.

그곳은 순식간에 지름 3m정도의 원으로 벌어졌고 진공상태가 되어버린 내부의 장기들이 으깨지고 있었다.

마치 플래시를 비추듯 그곳에서 찬란한 황금빛이 땅을 비추고 있었다.

스턴상태 때문에 움직이지 못하던 케이라의 스턴이 해제된 것인지 케이라가 비명을 지르며 괴로워했다.

아마 아까 콧구멍으로 느꼈던 것보다 훨씬 아프리라.

코피와는 차원이 다르니까.

"끼아아아아아아아아악!"

아까의 비명과는 전혀 달랐다.

분노가 아닌 순수하게 괴롭고 아프다는 비명소리였다.

찢어지는 듯한 하이 톤의 비명이 멀찌감치 떨어져 있던 이지제국의 병사들의 귓가에까지 들렸다.

'이제 쏟아질 때가 됐군.'

저 빛이 사라지면 그 곳에서 곧 쏟아질 것이다.

그게 내장이든 피 분수든 배설물이든.

점점 황금빛이 희미해지고 있었고 지후는 바로 그곳에서 떨어진 뒤에 다시 내공을 모아 왼손을 케이라와 하늘을 향해 휘둘렀다.

'천왕삼권. 제 일 식.'

"파천."

지후의 주먹과 함께 황금빛 강기가 소용돌이치며 케이라를 삼켰다.

지후의 손에서 쏘아져 나간 황금빛 소용돌이는 케이라뿐만이 아니라 하늘마저 삼켜버릴 기세로 하늘을 향해 쏘아져 나갔다.

엄청난 용권풍이 일어나고 있었다.

붉은 용이 비명을 내지르며 하늘을 향해 승천하는 모습은 너무나 섬뜩했다.

그건 말 그대로 용권풍이었다.

진짜 용권풍.

뭔 소리를 하는 거냐고?

지금 이 장면은 지후의 기술이 일으킨 토네이도에 케이라가 휘말려서 하늘로 날아가며 비명을 지르고 있었던 것이다.

말도 안 되는 장면에 모두가 넋을 잃고 바라볼 뿐이었다.

하지만 용권풍이 일으키는 바람으로 인해 눈을 제대로 뜨고 있기조차 어려워졌다.

하늘에서 뭔가가 비처럼 떨어지고 있었지만 지후는 신경쓰지 않았다.

소울실드가 자동 발동되며 막아주고 있었으니까.

지후는 케이라가 죽지 않았다는 사실을 알고 있었다.

윌슨이 우산을 빌려주지 않았기에 케이라의 내부를 제대로 공격하지 못했으니까.

지후의 천지개벽은 일직선 공격이었으니까.

그랬기에 내부를 전체적으로 헤집어 놓을 수 있는 윌슨의 우산이 필요했던 것이었다.

지후는 떨어지고 있는 케이라를 바라보며 마지막 공격을 준비했다.

세이버 팔찌에 담아둔 내공으로 지후는 케이라의 몸만한 심검을 만들어내고 있었다.

추락하는 케이라는 느낄 수 있었다.

이 인간은 그동안 알고 있던 인간과는 전혀 다르다고.

혹시 신이 인간의 모습으로 폴리모프를 하고 있는 게

아닐까 싶을 정도로 강했다.

그리고 지금 느껴지는 이 무지막지한 기운은 자신의 전신에 소름이 돋게 만들고 있었다.

드래곤의 본능이 저 공격을 맞는 순간이 마나의 품으로 돌아가는 순간이라고 말하고 있었다.

눈을 뜰 기운도 없었지만 대체 무엇을 준비하고 있는 것인지 보기 위해 케이라는 힘겹게 한쪽 눈을 게슴츠레 떴다.

'미… 미친!'

무지막지한 대검이었다.

마나 소드라고 해야 할까?

아무튼 저 무식한 공격을 자신에게 하려고 하고 있었기에 케이라는 다급하게 몸에 마력을 돌리며 회복마법을 시전 했다.

"리커버리! 리커버리! 리커버리!"

다급하게 회복마법을 시전 했지만 너무나 큰 자신의 몸의 회복은 더뎠다.

어느 정도 회복이 되야 도망이라도 치겠는데 저 검이 자신을 마나의 품으로 보내기 전에 회복을 할 방법이 없었다.

지후의 무지막지한 심검은 케이라의 회복을 기다려주지 않고 휘둘러지기 시작했다.

케이라는 자신을 향해 휘둘러지는 검을 바라보며 기겁을 하고 있었다.

지후는 추락하는 케이라를 보며 미소를 짓고 있었다.

"끝이다. 도마뱀! 인간 따위에게 뒈져라!"

지후는 무지막지한 심검을 이기어검으로 케이라의 목을 향해 휘둘렀다.

너무나 엄청난 공격을, 비상식적인 곳에 공격당한 케이라는 추락하는 와중에 정신이 번쩍 들었다.

견디기 힘든 너무나 큰 아픔으로 인해 케이라의 뇌가 미친 듯이 활동했고 마나의 품으로 돌아갈지도 모르는 바로 지금 이 순간, 케이라는 지후를 만나고 가장 온전하고 맑은 정신 상태를 유지하고 있었다.

그랬기에 지금 자신의 목을 썰어버리기 위해 날아오는 무식한 대검이 너무나 두려웠다.

충분이 자신의 비늘을 베어버릴 수 있는 기운이 느껴졌기에.

지금의 자신은 회복조차 하지 못해 이 몸뚱이를 유지하지 못하고 추락하고 있었으니까.

그 순간 케이라의 머리는 기발한 묘수를 생각해내고 있었다.

"포… 폴리모프!"

빛이 폭사됐고 지후의 심검은 폭사된 빛을 갈랐다.

목표를 잃은 지후의 심검은 불발이 된 채로 사라지고 있었다.

폴리모프로 간신히 살아남은 케이라는 살았다는 생각에 감사하며 이를 악물며 회복마법을 시전했다.

역시 작아진 몸체였기에 빠르게 회복이 되고 있었고 자신을 이 지경까지 몰아붙인 벌레 같은 인간을 떠올리며 이를 갈았다.

◆

지후가 워낙 엄청난 공격을 연속으로 했기에 사냥터엔 자욱한 흙먼지가 가득했다.

지후는 자신의 심검이 실패로 돌아갔다는 사실을 알았기에 손을 휘휘 저으며 뿌연 흙먼지를 걷어냈다.

흙먼지를 걷어내자 허리까지 내려오는 붉은 생머리에 섹시한 얼굴을 하고 인상을 잔뜩 찡그리고 있는 여자의 모습이 보였다.

여자는 붉은 머리가 돋보이는 순백의 웨딩드레스와 비슷한 원피스를 입고 있었는데 하는 행동이 굉장히 기괴했다.

원피스의 아래쪽과 뒷부분이 붉게 물들어 있었는데 그 여자는 원피스를 찢더니 엉거주춤한 자세로 항문을 향해 손을 뻗어 회복마법을 시전하고 있었다.

"푸하하하하하하."

지후는 눈앞의 여자가 누군지 단숨에 알 수 있었다.

긴가민가 알쏭달쏭 했는데 그곳을 치료하는 모습을 보고 확신이 들었다.

그랬기에 지후는 더욱 큰 소리로 웃었다.

입은 옷을 보니 여자여자 스러웠고 그랬기에 자신의 웃음소리에 더욱 큰 치욕을 느낄 테니까.

지후는 어떻게 해야 열을 받게 할 수 있는지 제대로 아는 인간이었고 또 그걸 즐기는 인간이었다.

케이라는 자신을 향해 웃고 있는 인간을 당장이라도 달려가 찢어 죽이고 싶었지만 살았다는 안도감과 회복이 우선이라는 생각에 겨우 겨우 화를 삭히며 치료에 전념하고 있었다.

여전히 방금 지나친 그 무지막지한 대검을 생각하면 자신이 드래곤이라는 사실도 잊고 눈앞의 인간에 대한 두려움이 전신을 지배했다.

'내가 저 인간을 두려워하다니? 저 벌레 같은 인간을?'

치료를 하며 케이라의 머릿속으로는 수만 가지의 생각이 오갔다.

그리고 결론이 나왔다.

인정할 건 인정한다.

저 인간은 그동안 알고 있던 벌레들과는 달랐고 강했다.

지후는 케이라가 치료를 하는 것을 묵묵히 지켜보며 기다려 줬다.

아까는 틈도 안주고 공격했는데 이제 와서 왜 기다리고 그러냐고?

자신이 있었다.

지후에게는 아까처럼 큰 몸을 하고 있는 케이라가 더욱 성가신 상대였지. 지금처럼 인간과 같은 모습을 하고 있는 케이라가 성가신 상대는 아니었다.

많은 사람들이 잘 모르고 있지만 지후는 사실 대인전의 스페셜리스트였다.

지후의 뿌리는 무인이었고 무인의 상대는 언제나 괴물이 아닌 무인이었으니까.

인간과의 싸움에서 진다는 생각은 지후의 머릿속엔 없었고 케이라가 드래곤의 몸을 버리고 변신을 한 이상 자존심도 버렸다고 생각하는 지후였다.

"여자였나 보네? 아까부터 여자 같은 이름이라고 생각했는데 진짜 여자였네. 드래곤도 남녀 구별이 있었구나. 하긴 동물도 암컷 수컷이 있으니까."

혼잣말처럼 하고 있었지만 지후의 말은 케이라에게 똑똑히 들리고 있었다.

들리지 않도록 작게 말을 한 것도 아니었고 지후는 친절하게도 내공으로 소리를 퍼뜨려 케이라가 들을 수 있도록 배려를 해주었다.

"으드득."

케이라의 이가 갈리고 있었다.

"리커버리."

마지막 회복주문이 끝나자 케이라의 몸은 완벽하게 치료되어 있었다.

하지만 생각이상으로 많은 마력을 소모했다.

물론 조금만 지나면 드래곤하트가 마력을 생성해 주겠지만 눈앞의 인간을 볼 때마다 찝찝한 느낌이 들었다.

드래곤의 날카로운 본능이 위험하다고 경고하고 있었다.

하지만 자신에게 치욕을 안겨준 인간을 이대로 놓아 줄 수도 없었다.

무엇보다 머리가 돌아가며 처음으로 든 생각은 다음 차원전쟁에 대한 것이었다.

사실 처음으로 든 생각은 차원전쟁이 아니라 도망이었다.

그런데 곧 있을 차원전쟁에 싸울 노예가 없었다.

자신 대신 싸워야 할 노예들이 자신의 브레스에 의해 모두 죽었으니까.

그랬기에 눈앞의 인간을 죽이고 꼭 그의 군대를 자신의 노예로 삼아야만 했다.

그리고 아까 있었던 자신의 노예들과 인간군대의 싸움을

생각했을 때 자신이 가지고 있던 노예들보다도 쓸 만해 보였었기에 탐이났다.

자신의 노예들이 밀려서 자신이 브레스를 날렸었으니까.

화장실 들어가기 전과 나올 때 마음이 다르듯.

지금 케이라의 마음이 그랬다.

치료가 완료되고 마력이 다시 차오르니 다시 본능이 꿈틀대며 오만한 마음이 싹트고 있었다.

분명 눈앞의 인간을 인정하긴 한다.

그동안 알고 있던 벌레들과는 달랐고 강했으니까.

하지만 아까는 상성이 안 좋았을 뿐이라 자위하며 스스로의 자존심을 회복했다.

인간의 모습으로 폴리모프를 한 지금부터는 다르다.

본신으로는 저 인간의 움직임을 따라갈 수 없었지만 이제부터는 다르다고.

본격적인 시작은 지금부터라고.

오만함과 자존심 빼면 시체인 드래곤이었기에 지후를 인정하기는 하지만 자신보다 밑이라고 생각하는 케이라였다.

지후는 케이라가 치료를 끝냈다는 사실을 눈치 채고는 케이라를 향해 걸어갔다.

그러고는 소울아머의 투구를 해제했다.

다가오는 지후의 모습에 케이라는 본능적으로 긴장했다.

그러면 안 되는데 자꾸 주눅이 드는 불쾌한 기분이었다.

아무렴 그곳이 뚫리는 고통을 맛봤는데 흠칫하지 않으면 지적생명체도 아닐 것이다.

그만큼 피와 살에 사무친 고통이 무서운 것이다.

케이라와 2m 정도의 간격을 앞두고 지후의 걸음은 멈췄다.

'잘생겼다. 내가 본 인간 중… 가장….'

케이라도 여성체였기에 본능적으로 잘생긴 지후의 외모에 묘한 느낌을 받고 있었다.

이래서 남자나 여자나 얼굴 얼굴 하는가 보다.

하지만 지후는 입을 벌리면 깬다는 말이 어떤 것인지 제대로 알려줬다.

"야 혹시 너 죽이면 뱀가죽 얻을 수 있냐?"

"뭐, 뭐라는 거냐 인가안!"

"빨갱이 가죽으로 마누라들한테 선물 좀 하려고."

"마… 마누라…? 결혼을 한… 그런데 마누라들이라고…?"

"내가 결혼을 했든 말든 빨갱이 새끼가 무슨 상관이야."

케이라의 가슴에 지후의 말은 대못으로 다가 왔다.

"아영이한테 뱀가죽 빽이나 선물해볼까? 소영이한텐 뱀가죽 구두?"

여자들이 이런 거에 빽가지 않나?

아니면 말고.

지후는 케이라를 보며 콧노래를 흥얼거리고 있었다.

너의 비명에는 메아리가 없어~

지금 난 너와 치고 박는 중.

사실 내가 던진 떡밥에

넌 완전 낚이는 중.

뒤집어 놓은 네 속과 네 콧구멍

넌 곧 내 떡밥에 떡 실신할 예정

뱀뱀뱀 뱀 같은 여자~

엄청난 세월을 산 케이라였다.

그리고 드래곤이라는 종족 자체가 다른 종들과는 비교를 불허할 정도로 워낙 머리가 좋았다.

케이라는 지후의 얼굴을 보자 찰나의 순간이지만 동맹을 제의해 볼까 마음을 바꿨었다.

그저 사냥터에서만 가능한 동맹일 뿐이었지만.

동맹을 맺고 노예로 쓸 다른 종족을 함께 사냥하면 굳이 눈앞의 인간과 싸우지 않아도 될 것이라는 생각이 케이라의 머릿속에 번뜩였다.

지후와의 싸움을 피하고 싶다는 본능과 잘생긴 지후의 얼굴에 대한 호감이 지후를 향한 적의를 누르게 만들었다.

사실 그게 가장 현명하고 좋은 수였을 것이다.

다만 지후는 대화가 통하지 않는 미친놈이라는 사실이 문제였다.

케이라는 지후에게 제안을 하기로 마음먹었지만 제안을 꺼내기도 전 케이라의 생각은 산산 조각나고 있었다.

뱀가죽 어쩌고저쩌고 하며 이상한 노래를 흥얼거리는 것에 간신히 찾았던 이성의 끈이, 드래곤의 우월함과 자존감이 철저하게 망가지고 있었다.

워낙 좋은 머리였기에 지후가 걸어오던 찰나의 순간 먼 미래까지도 생각할 수 있었고 그게 무너지자 지금은 부정적인 여러 생각이 너무나 많이 들었다.

인간에게 그런 제안을 하려 했다는 사실과 잠깐이나마 육체관계도 생각했던 케이라는 몸을 부들부들 떨며 지후의 얼굴을 향해 손을 뻗었다.

"가… 감히… 인간 따위가 드래곤 로드인 나 케이라를 가지고 논단 말이냐!"

"미친년이냐? 갑자기 왜 이래?"

지후는 케이라가 뻗은 손을 고개를 까딱이며 피한 뒤 케이라의 얼굴에 주먹을 내리쳤다.

퍼어억!

쾅!

케이라는 지후의 주먹에 의해 바닥에 처박혀 몸을 부르르 떨고 있었다.

"어떻게 여자에게…."

"여자라니? 이 뱀 같은 년이 변신 좀 했다고 진짜 인간인 줄 착각하나 보네? 그리고 여긴 차원전장인데 남자여자 그런 게 어디 있냐! 그냥 뒈져!"

지후는 발을 들었고 바닥에 쓰러져 있던 케이라의 얼굴을 향해 축구공을 차듯 뻥 차버렸다.

빼엉!

케이라의 고개가 뒤로 젖혀지며 바닥에 나뒹굴고 있었다.

지후의 발길질에 정신이 번쩍 든 케이라는 함몰한 얼굴에 리커버리를 시전하며 지후를 보고 이를 갈았다.

잘못 생각했다.

저 놈은 반드시 죽여야 한다.

그리고 저 인간의 노예들을 철저하게 괴롭혀 주리라.

특히 그의 부인들이라는 여자들은 산채로 씹어 먹어 주리라.

그렇게 다짐하며 지후를 향해 달려들었지만 매우 안타깝게도 케이라의 바램을 이루어질 수 없었다.

케이라는 폴리모프로 치료만 마치고 바로 본체로 돌아갔어야 했다.

본체였기에 그나마 버틴 것이었는데 케이라는 인간의 모습으로 싸우면 이길 수 있을 거라고 착각했고 그 착각은 너무나 처절한 폭력으로 다가왔다.

케이라가 살아온 세월이 만이천년이었다.

그동안 이렇게 맞아본 적이 있었던가?

하물며 인간에게 이렇게 맞을 거라 상상도 해본 적이 없었다.

대인전 스페셜리스트답게 지후는 케이라를 패고 또 팼다.

퍽! 퍼억! 빽! 퍼억! 뻐억!

케이라는 괜히 폴리모프를 해서 더욱 처참하게 맞았다.

"설마 아직도 여자를 어쩌고 하는 거 아니지? 넌 여자가 아니라 뱀이야. 그리고 난 원래 남녀 차별 안 해. 해본적도 없고."

무림에는 칼 들고 설치는 광년이 넘쳤거든.

그래서 여자라고 차별하는 거 굉장히 싫어해. 종족차별도.

차원전장에 있으면 다 동등한 거지.

무슨 차별이야? 안 그래?

"그리고 넌 인간을 무슨 벌레 보듯이 하던데.

어때? 벌레한테 맞는 기분이? 내가 때찌 때찌 해주니까 상큼하지?"

띠링!

약 올리기 스킬이 생성되었습니다.

퍽!

쓰러진 케이라의 옆구리를 지후는 힘껏 차고 있었다.

“어때? 자존심에 금이 가냐? 지금은 변신했으니 인간과 신체조건이 같은 건가?

그럼 자존심이랑 갈비뼈에 금갔겠네.”

정말 도발에는 도가 튼 지후였다.

케이라는 허무했다.

인간 따위가…폴리모프까지 했는데….

오히려 아까전보다 더 상대가 안 되고 있었다.

그러고 보니 여태까지 한 번도 저 인간을 때려본 적이 없었다.

본체였을 때도, 폴리모프를 한 지금도.

“어떻게 인간 따위가….”

“그 인간 따위한테 맞는 소감은?”

“차원전장에 너처럼 강한 인간이 있을 줄이야….”

“이제 인정해도 늦었어.”

“이런 오만한 인간이….”

그런데 저 오만함이 너무나 자연스럽다.

평생을 드래곤으로서 오만하게 살았기에 알 수 있다.

저건 오만함 그 자체다.

“난 원래이랬어.”

'우리도 방심해서 처음에 너희에게 일격을 허용했지만 너도 방심했네.

아마 너나 나나 서로 방심하고 있었겠지.

차원 전장에 방심할만한 적 따위는 없는데 말이야.'

뭐 죽일 적에게 친절한 설명은 필요 없겠지.

지후는 쓰러져 있는 케이라를 향해 마지막 일격을 날려 마나의 품으로 보내줬다.

'천왕삼권 제 이식. 천지개벽!'

콰아아아아앙!

지후의 케이라를 쳤고 그 순간 케이라가 누워있던 땅에서 빛이 뿜어져 나왔다.

비명을 토하는 듯한 소리가 천지를 강타했고 엄청난 빛과 함께 하늘과 땅은 하나가 된 듯이 빛의 기둥이 솟아났다.

그 빛의 기둥은 그 곳에 있던 케이라를 삼켜 가루로 만들었다.

끝은 알 수 없는 듯한 구멍만이 그 곳에 케이라가 있었다는 사실을 알려줬다.

처음으로 차원전쟁이 아닌 사냥터에서 적장을 죽였다.

그랬기에 그 의미는 무척이나 컸다.

이지제국의 병사들은 지후를 향해 함성을 질렀고 지후는 머릿속으로 울리는 알림음을 들으며 케이라의 안전지대를 이지제국으로 이동시켰다.

지후는 게이트를 열고 이지제국으로 돌아가 케이라의 영토였던 곳으로 향했다.

케이라의 세력은 지후가 바꿔버린 브레스의 방향 때문에 대부분이 소멸되었고 케이라의 안전지대이자 레어를 지키고 있던 가디언인 미노타우루스 이백정도만이 전부였다.

드래곤은 원래 무리생활을 하지 않는 종족이었다.

원래부터 다른 종족을 노예로만 부렸기에 차원전장에 와서도 케이라에겐 예전과 별반 달라진 게 없었다.

지후는 백성을 늘리질 못한 건 조금 아쉬웠지만 그 아쉬움은 금방 사라졌다.

역시나 탐욕의 아이콘인 드래곤답게 케이라는 이지제국의 모두가 합친 것보다 많은 보물을 갖고 있었다.

이지제국의 병사들은 방심했던 자신들을 반성하며 동료병사들의 장례식이 끝나자 훈련에 훈련을 거듭했다.

잡념을 떨치는 데는 칼을 휘두르고 과녁을 쏘는 것만큼 좋은 게 없었다.

원래 인간이든 이종족이든 이렇게 실수를 하면서 성장하는 것이다.

지금 그들이 흘리고 있는 땀과 노력은 언젠가 살아있다는 것으로 보상받을 것이다.

차원전장에서의 명제는 언제나 생존이니까.

흘리는 땀과 노력만큼 오랜 시간 생존할 수 있을 테니까.

42. 휴가

42. 휴가

지후가 케이라를 쓰러뜨린 지도 어느덧 8개월이 흘렀다.

그 사이 이지제국은 두 번의 차원전쟁에서 승리를 거뒀다.

4번째 차원전쟁은 사냥터에서 방심은 금물이라는 것을 배운 이지제국 병사들의 완승이었다.

지후가 나설 틈이 없을 정도로 이지제국의 병사들은 너무나 잘 싸웠고 지후는 적의 수장의 목만 베면 되었다.

다만 너무나 잘 싸운 병사들로 인해 지후의 백성으로 편입된 병사의 수가 매우 적었다.

그리고 다섯 번째 전투에서 새로운 사실을 알게 되었다.

차원전쟁을 치르고 있을 땐 차원전장의 시간축이 멈춘다는 사실을.

어떻게 알았냐고?

하루가 다르게 자라던 차원전장의 식물들이 차원전쟁의 기간 동안에 자라지 않았기 때문이다.

그동안은 워낙 전쟁이 속전속결로 끝나서 몰랐지만 다섯 번째 차원전쟁은 말 그대로 장기전이었다.

전쟁이 3주가량 지속되었고 그 피해도 엄청났다.

적들은 로봇이었다.

기계생명체여서 그런지 전쟁기간에도 그들은 끝없이 생산됐다.

죽이고 죽여도 적들은 인공지능 칩만 수거해 다른 몸에 이식되거나 금속만을 모아서 다시 전장으로 날아왔고 끝이 없을 것 같던 싸움은 3주에 걸친 장기전 끝에 이지제국의 승리로 끝이 났다.

하지만 상처만 남은 전쟁이었다.

이지제국의 병사의 3분의 1정도가 이 전투로 전사를 했고 분노한 이지제국은 핵탄두 수천 발과 끊임없는 폭격 끝에 겨우겨우 승리를 거둘 수 있었다.

앞뒤를 가리지 않고 폭격을 했기에 폐허가 된 적의 영토 외에는 이지제국이 이번 전쟁으로 얻은 게 없었다.

다들 광기에 휩싸여 전투를 치루며 모든 생명체를 말살

해버린 미친 전쟁이었으니까.

이런 장기전의 경험이 없었고 계속된 전투의 피로와 긴장감은 병사들에게 엄청난 스트레스로 다가갔다.

적들의 몸은 금속으로 이루어져 있었고 넘쳐나는 차원전장의 자원으로 인해 좀비처럼 살아났다.

끊임없이 나타나는 적들과 동료들의 죽음은 이지제국을 광기에 물든 광전사로 만들어 버렸고 힘들게 승리를 했지만 얻은 것보단 잃은 것이 많은 상처뿐인 승리였다.

전쟁이 끝난 뒤에 많은 병사들은 ptsd를 앓으며 고생했다.

ptsd란 외상 후 스트레스 장애로 차원전장에서의 거듭된 전쟁과 동료의 죽음에 대한 스트레스와 불안감이 병사들을 괴롭혔다.

병사들은 하루하루 날카로워 졌고 마치 전염병처럼 퍼져나갔다.

그것 때문에 이지제국의 강력한 치안조차 흔들릴 정도로 내부에선 사건 사고가 끊이지 않고 일어났지만 ptsd 같은 질환에 뚜렷한 치료법은 없었다.

지후는 병사들이 ptsd를 이겨내는 방법으로 더욱 고된 훈련을 시켰다.

몸이 고되게, 잡생각이 들지 않을 정도로 힘들게 만들어 병사들이 ptsd를 이겨내도록 만들었다.

이런 강압적이고 무리한 훈련에 지후를 향한 불만들이 나오긴 했지만 어쨌든 병사들은 ptsd를 이겨낼 수 있었다.

지후를 향한 독기로, 생존을 향한 열망으로, 가족을 지킨다는 의지로, 각자의 이상을 위해 이지제국의 병사들은 구슬땀을 흘리며 훈련으로 ptsd를 극복했다.

◆

병사들이 구슬땀을 흘리며 한창 훈련에 매진중일 때 지후는 온 가족과 함께 처음으로 여행을 떠나고 있었다.

지후의 부모님과 부인들, 누나와 매형, 지수와 지수의 아들 월터, 그리고 쌍둥이 동생들, 마지막으로 꼴도 보기 싫은 월슨이 다 함께 여행을 떠나고 있었다.

12명의 대인원이 떠나는 가족여행의 대장은 지후의 어머니인 김성희 여사님이었다.

지후는 비행기나 워프로 이동하길 희망했지만 김성희 여사님은 이번 여행의 테마는 낭만이라며 클래식하게 직접 운전을 하며 여행을 하자고 하셨다.

운전하는 사람의 생각은 눈곱만큼도 해주지 않는 단호박 같은 진행이었고 가족들은 차량으로 대한민국 여행을 시작했다.

4대의 차량이 고속도로를 달리고 있었다.

부모님의 차량을 제외하곤 모두 스포츠카였다.

아이가 타고 있는 윌슨의 차량마저도.

특히나 윌슨은 지금 매우 신이나 콧노래까지 부르며 운전을 하고 있었다.

"허허허. 애들은 아직 젊구만."

"그러게요."

외모만 보면 지금 이 대화를 하고 있는 아버지와 어머니도 꿀리지 않았다.

모르는 사람이 보면 영락없는 신혼부부 비주얼이었으니까.

오히려 스포츠카가 어울릴 외모로 전혀 어울리지 않는 대형세단을 운전하는 모습이 꼭 부모님의 차를 빌려 놀러가는 모습이었다.

역시 외모가 젊다고 그 속까지 젊은 건 아니었다.

지수가 자식을 낳아 이제는 할아버지 할머니가 된 부모님이었고 지후 덕에 30대의 외모를 가지고 있다고 하지만 마인드까지 젊지는 않았다.

윌슨은 지수의 가족들과 있을 때마다 신이 났다.

가족들과 있을 때만큼은 지후가 자신을 갈구거나 괴롭히지 않았으니까.

그랬기에 지금 지후의 차량 앞을 달리며 급브레이크를 밟았다 뗐다를 반복하며 지후의 화를 돋구고 있었다.

갓난아기가 타고 있는 차의 운전자가 할 짓이 아니었지만 인간이 덜 된 윌슨은 번번이 그 미친 짓을 하고 있었다.

지수가 똑바로 운전을 하라고 해도 윌슨은 들은 척도 하지 않았다.

지수도 윌슨이 자신의 오빠와 매일 으르렁 거린다는 사실을 조금은 눈치 채고 있었기에 그러려니 하며 최대한 화를 억누르며 참고 있었다.

운전 중인 지후도 차량에 타고 있는 아영과 소영도 윌슨의 차가 앞에서 하는 행동에 조금씩 짜증이 나고 있었다.

하지만 아영과 소영은 꾹 참고 있었다.

앞에서 짜증나게 깔짝거리는 차량엔 무서운 시누이가 타고 있었으니까.

아무리 편하고 친한 사이라도, 여왕이라고 해도 지금은 시부모님과 함께하는 가족여행이었고 본능적으로 시누이라는 존재는 꺼림칙했기 때문이다.

지후의 속은 지금 폭발 직전의 활화산처럼 부글부글 끓고 있었다.

'그냥 콱 박아버릴까?'

고민에 고민을 거듭하고 있을 때 윌슨이 창밖으로 손을 내밀고 있었다.

그리고 그 손은 미안하다는 제스처를 취하는 듯 했지만 손을 다시 차량으로 집어넣기 전 찰나의 순간 가운데 손가락이 우뚝 솟아 있는 것을 지후는 목격할 수 있었다.

아영과 소영도 뛰어난 헌터였기에 윌슨의 손을 캐치했고 지후에게 버럭 화를 냈다.

"오빠! 재껴 버려요!"

"지후씨! 더는 참지 마세요!"

"그렇지? 어디 미천한 종 따위가 황제에게!"

결국 끓어오르던 활화산이 폭발하듯 지후가 운전 중인 차량의 엔진소리가 폭발적인 소리를 일으키며 급가속을 하며 질주했다.

하지만 윌슨은 가운데 손가락을 폈을 때부터 이렇게 되리란 걸 알고 있었다.

알고 했던 도발이니까.

상대를 도발하는 것만큼은 지후에게 정말 제대로 배운 윌슨이었다.

그랬기에 철저하게 지후가 앞으로 나가지 못하도록 가로막으며 방어 운전의 진수를 보여줬다.

지후는 점점 분노가 차올랐지만 그렇다고 박을 수도 없었다.

지수와 아직 젖도 때지 않은 월터가 무슨 죄가 있겠는가.

우여곡절 끝에 가족들은 캠핑장에 도착했다.

텐트를 치고 가볍게 짐정리를 마친 뒤에 모두가 밖으로 모였다.

밖에 나오면 요리는 남자들이 하는 거라는 말을 하며 여자들은 어머니를 필두로 똘똘 뭉쳤다.

언제 이 집안 여자들이 요리를 하기는 했던가?

하더라도 그게 요리였던 적이 있기는 있었던가?

그렇게 이씨 집안의 여인들은 모두 그늘진 곳으로 가서 수다삼매경에 빠졌다.

문제는 지금 이곳에 있는 남자들 중에 요리를 할 줄 아는 건 지후밖에 없다는 사실이었다.

수혁도 요리를 제법 하기는 하지만 예전에 먹어봤을 때 생각만큼 맛있진 않았다.

그랬기에 결국 지후가 나설 수밖에 없었고 오랜만에 앞치마를 둘러매며 잠깐 동안 추억에 잠겼다.

무림에서 객잔을 했던 그 시절을 회상하며 지후는 취사왕 권왕으로 변신하며 본격적인 요리에 착수했다.

사실 온 가족이 내심 속으로 지후의 요리를 원했다.

그 어떤 요리사보다도 맛있는 게 지후의 요리였으니까.

예전에도 바쁘다고 안 해줬었는데, 지금은 황제가 돼서 요리를 해달라는 말을 꺼내기도 힘들었다.

하지만 지금은 가족여행 중이었고 이 그룹의 리더는 김성희 여사였다.

김여사는 지후가 요리를 하도록 유도했고 지후도 눈치를 챘지만 기분 좋게 속아줬다.

모두가 원하던 대로 지후의 요리가 한상 차려졌다.

메인요리만 10가지, 반찬은 20가지였다.

누가 캠핑을 가서 이렇게 먹냐고? 그냥 고기나 구워 먹지?

그런데 이씨 집안은 유별났고 오늘 그 유별난 집안의 식사는 취사왕이 책임졌다.

모두가 지후의 요리에 만족하며 터질 것 같은 배를 쓰다듬으며 후식을 먹고 있었다.

후식을 먹고 가볍게 맥주를 한잔하며 대화를 나누다 지후는 화장실로 향했다.

윌슨이 막 볼일을 마치고 나오는 것인지 배를 쓰다듬으며 걸어 나오고 있었다.

지후는 점심때 있었던 레이스가 생각나서 한 대 쥐어박을까 하다가 여행이니 참는다며 그냥 지나쳤다.

문을 열고 들어간 화장실의 상황은 처참했다.

아니 변기의 상황이 너무나 처참했다.

똬리를 틀고 있는 아나콘다는 금방이라도 변기 밖으로 튀어나올 것만 같았고 아마존 강물은 금방이라도 범람할 것만 같았다.

그것을 보는 순간 방금 마주쳤던 윌슨이 생각났고 지후는 볼일을 보지 않고 화장실 문을 열고 뛰어나왔다.

"윌슨!"

밥을 먹은 지 얼마 되지도 않았는데 보지 말아야 할 걸 본 지후의 기분은 상당히 불쾌했다.

당장이라도 윌슨을 때릴 듯한 기세로 윌슨이 가족과 모여 웃고 떠드는 곳으로 향했다.

"야이 새끼야! 변기를 막았으면 뚫어놓고 나왔어야지!"

윌슨은 지후를 향해 대체 무슨 소리냐며 황당하다는 눈빛으로 지후를 바라봤다.

"형님! 대체 무슨 소리십니까?"

"뭐? 네가 지금 그런 소리가 나와? 네가 화장실 변기에 무슨 짓을 했는데! 당장 가서 뚫고 오지 못해?"

"형님도 참. 창피하면 그냥 창피하다고 하시던가요. 아니면 조용히 와서 황제로서 체면이 있으니 저한테 뚫으라고 하시지. 굳이 생사람을 잡으세요. 매번 이렇게 변기를 막으실 때마다 저만 찾으세요? 다른 사람들도 많은데… 적어도 지수나 월터가 있을 땐 제 체면도 생각해주시지. 아빠가 돼서 형님 변기나 뚫는 모습을 보여주게…."

윌슨 오늘 너 히트다 히트.

지후는 황당해서 말문이 막혔고 화기애애했던 분위기는 점점 이상하게 돌아갔다.

정말로 지후가 윌슨에게 누명을 씌우려고 하는 것만 같은 분위기가 형성되고 있었고 지후는 너무나 억울했다.

이놈이 지금 무슨 시나리오를 쓰고 있는 것인가?

그리고 매번 내가 변기를 뚫으라고 시켰다니… 무슨 개소리란 말인가?

'개자식. 지난 번 우산 때부터 벼르고 있었는데… 조만간 보자. 그 썩은 뇌를 꺼내서 제대로 빨래해 줄게.'

감히 나를 거짓말쟁이에 변기나 막는 놈으로 만들어?

거기다가 매번 너에게 뚫게 한다고?

부모님은 지후에게 황제가 되더니 동생 남편한테 그런 일까지 시키냐는 눈빛으로 싸늘하게 바라보고 있었다.

거기에 지수는 곧 쏟아질 것 같은 눈망울로 윌슨을 꼭 안아주고 있었다.

그리고 지수의 입에서 나오는 대사에 지후는 미치고 환장할 지경이었다.

"그동안 그렇게 힘들게 일하는지 모르고 짜증 부려서 미안해…."

대체 저 새끼가 무슨 힘든 일을 하는데?

나보다 더 편하게 사는 게 저 새낀데!

43. 황제 이지후

43. 황제 이지후

여섯 번째 차원전쟁은 그야말로 재앙이었다.

그동안 있었던 전쟁은 아무것도 아니었다는 듯이 엄청난 출혈이 일어난 전쟁이었다.

훈련으로 막아두었던 병사들의 스트레스가 극에 달하는 전쟁이었고 그런 만큼 이번 전쟁의 피해는 컸다.

근본적으로 ptsd를 치료하기 위해선 휴식을 주거나 전쟁터에 불러선 안 됐지만 이지제국은 그럴 수가 없었다.

아니 현실적으로 불가능했다.

지구인들은 지구라는 또 다른 집이 있지만 다른 종족들은 이지제국이 유일한 집이자 남아있는 고향이었으니까.

아무리 힘들고 괴로워도 싸워야만 했기에 치료가 불가능한 현실이었고 거듭된 전쟁의 피로는 많은 병사들을 죽음으로 내몰았다.

전쟁에 죽음은 필연적인 부분이지만 이번 희생은 너무나 안타까웠다.

상대가 강해서도 약해서도 아니다.

적은 마치 이지제국과 판박이라고 해도 믿을 정도로 비슷한 무기와 비슷한 전력이었다.

전력으로는 미세하게 적들이 우위였지만 적들의 수장은 지후처럼 강하지 않았다.

그랬기에 많은 희생을 생각하진 않았지만 이번 여섯 번째 차원전쟁은 엄청난 피해를 입고서야 겨우 이길 수 있었다.

적들은 집요했고 제대로 단합되어 있었다.

반면 이지제국은 하나처럼 보였지만 하나가 아니었다.

하나 된 이지제국엔 무수히 많은 금이 가 있었고 그 균열은 전쟁이 길어지자 빠르게 갈라지기 시작했다.

정신적으로 힘겨운 상황에서 적들이 번번이 집요하게 물고 늘어지자 집중력이 깨진 이지제국은 바람 앞의 갈대처럼 심하게 휘청거렸다.

그 과정에서 많은 병사들이 죽어나갔다.

이지제국이 엄청난 폭격을 퍼부으면 적들도 어떻게든 이

지제국에 폭격을 퍼부었다.

그런 식으로 악몽 같은 전쟁은 길어져만 갔고 적들의 물고 늘어지는 작전에 이지제국의 병사들의 상태는 피폐해져 갔다.

전쟁이 4주차로 접어들 때 간신히 차원전쟁을 끝낼 수 있었다.

황제인 지후가 피폐해진 병사들을 바라보며 이대로는 안 된다는 생각에 모두가 잠들어 있을 새벽, 홀로 적진을 기습했던 것이다.

만약 실패했다면 이지제국의 백성들은 졸지에 노예가 될 독단적인 행동이었지만 작전은 다행히도 대성공이었다.

모두가 잠들어 있던 새벽에 지후는 이지제국을 떠나 적진으로 워프 했다.

적들도 대부분 잠에 빠져 있었고 지후는 아공간을 열어 적들의 진영에 투하했다.

아공간에서 쏟아져 나온 것은 세 번째 차원전쟁 때까지 유용하게 쓰였던 이동요새였다.

바로 그 무식할 정도로 단단한 금속으로 만들어진 성벽의 잔해들에 지후는 강기를 입혔고 적진을 향해 폭격했다.

그 뒤에 당황한 적들의 황제를 단숨에 죽여 전쟁을 끝냈다.

자칫 잘못되면 모두가 노예가 되는 독단적인 기습이었지만 이지제국의 병사들은 누구도 황제를 탓하지 못했다.

함께 싸우지 않았기에 섭섭하다고 말을 할 수는 있었지만 누구도 황제인 지후의 뒤를 받쳐주며 싸울 수 있는 모습이 아니었다.

초췌하고 피로에 찌든 모습은 병사들뿐만이 아니라 그들을 통제하는 군단장들도 포함하고 있었고 이대로 전쟁이 1주일만 계속됐다면 이지제국의 병사들이 적에게 먼저 쓰러지고 지후 홀로 적들과 싸우게 됐을 가능성이 컸기에 차마 불평을 할 수는 없었다.

모두에게 그저 지금은 휴식이 간절할 뿐이었다.

극도의 스트레스 상태가 지속됐기에 현재 병사들의 상태는 자신들의 실수를 돌아보거나 훈련을 할 수 있을 정도로 이성적인 상황이 결코 아니었다.

이미 이지제국에는 무수히 많은 균열이 가있었다.

이번 전쟁에서 적들의 폭격으로 이지제국의 안전지대도 많이 파괴되어 있었다.

도시 곳곳이 파괴되어 있듯 병사들의 몸과 마음도 파괴되어 있었기에 지후는 병사들에게 두 달간 휴가를 주었다.

휴가가 너무 긴 게 아니냐고 말들이 많았지만 어쩔 수 없었다.

이대로 훈련이 되기는 하겠는가?

이미 억지로 훈련을 시켜봤고, 그 방법은 결코 효과적이지 않았다.

그저 응급수술일 뿐이었고 결국 봉합한 곳이 터져버리자 상처는 전보다 더욱 빠르게 악화되어 갔다.

아직 치료가능성이 있을 때 치료를 하는 게 최선이었다.

이대로 억지로 훈련을 시켜 터진 곳을 봉합시킨다면, 다음 차원전쟁에서 때 또 수술부위가 터진다면… 아마 즉사를 면치 못할 것이기에 지후는 세 달의 시간 중 두 달의 시간을 모두가 조금이나마 치료하며 상처를 아물게 할 수 있도록 휴가를 주었다.

마음 같아선 세 달간 휴가를 주고 싶었지만 그건 불가능했다.

세달 후에는 다음 차원전쟁이 시작되기에.

마지막 한 달이라도 약간의 훈련은 해야만 했다.

이대로라면 다음 전쟁이 끝이라는 말들이 많았지만 지후는 결코 결정을 번복하지 않았다.

지후뿐만이 아니라, 이지제국의 백성 중, 그 누구도 전쟁이 좋아서 하는 이는 없었으니까.

모두가 생존이라는 명제 앞에 억지로 싸우는 것이기에.

억지로 훈련을 시키고 전쟁에서 살아오지 못하는 것이나 훈련을 하지 않고 쉬다가 죽는 것이나 죽음은 죽음이었다.

칼 한번이라도 더 휘두르고 죽으라고 병사들을 억지로 훈련시킬 만큼 지후는 모질지 않았다.

그랬기에 언제나 앞장서서 싸운 것이었다.

어차피 예견된 죽음이라면 두 달만이라도 그들이 하고 싶은 걸 할 수 있도록.

사랑하는 사람들과 시간을 보낼 수 있도록 지후는 배려해주고 있었다.

두 달이라는 휴가기간은 이지제국의 내부를 너무나 변하게 만들었다.

휴식을 취하니 보이지 않던 것들이 보이기 시작했고 차원전쟁은 피하고 싶어도 피할 수 없다는 사실을 병사들은 다시 한 번 깨달을 수 있었다.

그동안 자신들이 얼마나 어리석은 투정을 부리고 있었는지도 깨달았다.

그랬기에 대부분의 병사들은 휴가기간에도 개인 훈련을 하면서 가족들과 시간을 보냈다.

그리고 황제가 준 이 시간을 감사하고 또 감사하게 생각하며 정말로 의미 있게 보냈다.

다음 전쟁에서 죽더라도 후회를 남기지 않기 위해, 모두가 추억 하나라도 만들기 위해 노력했고 대부분의 병사들은 ptsd를 극복했다.

어차피 싸워야만 하니까.

피할 수 있다고 피할 수 있는 순간은 지났다.

선택은 오직 하나였고 모두 답을 알고 있었다.

그렇지 않다면 자신들과 추억을 만든 이들이 노예가 되어 처절하고 비참한 삶을 살아야 할 테니까.

단 한 번이라도 고기방패로 살아본 종족이라면 그게 얼마나 힘든 삶인지 잘 알고 있었다.

그랬기에 모두의 마음속에 황제에 대한 죄스러운 마음이 들었다.

고기방패 인생을 살았을 땐 힘들다는 생각을 할 틈도 없었으니까.

아파도 아프다고 할 틈도 없이 전쟁터나 사냥터에 자신들의 의사와는 상관없이 강제로 끌려가야 했으니까.

가족들이 굶고 있어도, 길거리에서 매질을 당하고 있어도 할 수 있는 게 없었었다.

하지만 지금은 다르다.

편하게 쉴 수 있는 집이 있었고 언제나 배부르게 풍족하게 먹을 수 있었다.

ptsd라고 말하는 병도 다 자신들이 여유가 있으니까 살 만해졌기에 겪을 수 있는 것이다.

자신들에게도 아플 틈이 생겼다는 사실을 느끼며 자신들에게 새 인생을 준 황제에게 감사함과 미안함을 느꼈다.

그랬기에 마냥 쉬고 있을 수만은 없었고 병사들은 휴가 기간 동안에도 무기를 손에서 놓지 않고 개인 훈련을 하며 땀을 흘렸다.

두 달이 흘러 병사들이 휴가에서 복귀하고 이지제국의 첫 번째 대규모 훈련이 실시 됐을 때 군단장들과 지후는 만족스러운 미소를 지을 수 있었다.

디테일한 전술훈련이 필요해 보이긴 했지만 개개인의 몸 상태는 누가 봐도 최고의 상태로 오늘 훈련장에 나타났기 때문이다.

전보다 훨씬 좋아진 모습과 ptsd를 털어버린 모습은 지후의 기분을 몹시 흡족하게 만들었다.

생각과는 다른 기대이상의 효과였고 병사들의 표정에서 보이던 죽음의 그림자들이 사라져 있었기 때문이다.

병사들의 얼굴에 있었던 죽음의 그림자로 인해 지후는 여섯 번째 차원전쟁에서 홀로 새벽에 기습을 했을 정도였으니까.

하루하루 죽지 못해 싸우던 병사들의 표정이 살기위해 싸운다는 표정으로, 지금은 삶에 대한 열망과 희망이 가득해 보였기에 지후는 미소를 감추지 않고 활짝 웃으며 훈련을 바라봤다.

◆

지후는 오랜만에 꿈을 꿨다.

과거 무림에서 살았던 시절의 자신을 꿈으로 지켜봤다.

예전이나 지금이나 그게 자신의 영혼이 차원이동된 것이었는지 전생의 삶이었는지 잘 모르겠다.

어쨌든 현재를 살아가기에 깊이 생각하지 않을 뿐.

자신의 삶을 영화를 보는 것처럼 위에서 내려다보는 것은 나름대로 재미가 있었다.

보는 중간 중간 호통을 치며 왜 그렇게 사냐고 화를 내고 싶었던 적도 몇 번이나 있었지만.

황보세가의 셋째이자 첩의 아들로 능력이 있어도 무시만 당하던 어린 시절의 자신.

뭐 지금 봐도 웃기다.

저때의 자신은 갑작스럽게 화보세가의 셋째아들이자 황보지환이 되었으니까.

능력이 있어도 혹시라도 파벌싸움 같은 귀찮은 일에 휘말릴까봐 능력을 감추고 살던 유년시절.

감추고 있던 능력은 가문의 어른들에게 얼마 지나지 않아 들켰고 그 뒤로 자신을 모함하던 정부인의 세력들.

그런 세력들에게서 살아남기 위해 주색에 빠졌지만 결국은 집을 떠나야 했다.

나이가 찰수록 원하지 않았지만 가문의 후계자의 자리에 자신의 이름도 거론 됐기에 큰어머니가 고용한 살수들에게 죽지 않으려면 가문을 떠나야만 했다.

물론 내가 기억하던 것들과 다른 것들도 보였다.

집을 나올 때 훔쳤던 영약들은 아버지가 내가 훔치기 쉽도록 보이는 곳에 놔두었던 것이었다.

그리고 집을 나온 나를 노렸던 어머니가 보낸 살수들을 아버지가 직접 도륙했다.

평생을 모르고 살았던 사실이었다.

이제와 안다고 해서 달라질 것은 없었지만.

그 모습이 뭉클한 것은 어쩔 수 없었다.

그렇게 시작된 떠돌이 생활과 제 3자의 시선으로 보고 있는데도 느껴지는 처절한 외로움.

힘겹게 정착해 차린 객잔과 부인과 자식과 함께 알콩달콩 사는 평범한 일상.

그리고 그 일상이 깨어지는 날을 바라보며 그때의 분노가 다시 치밀어 올랐다.

마지막으로 권왕이 되어 천마와 동귀어진을 하는 모습을 끝으로 꿈은 끝났다.

꿈에서 깬 지후는 한참이나 생각에 잠겼다.

왜 하필 오늘 이런 꿈을 꾼 것일까?

어떤 의미가 있는 것일까?

천마는 분명히 내손으로 죽였다.

그것도 지금 현재의 삶에서.

그런데 갑자기 무림에서의 삶을 꿈으로 꾸다니.

지후 정도의 경지에 있으면 꿈에 의미를 두지 않을 수가 없다.

반신에 오른 지후였기에 이런 갑작스러운 꿈은 분명 무언가 의미를 품고 있다는 사실을 알고 있었다.

하지만 자신의 양쪽 귀에서 느껴지는 숨소리에 상념은 오래가지 않았다.

숨소리가 느껴지는 곳으로 고래를 돌리자 지후의 양팔에 매미처럼 매달려 곤히 자고 있는 아영과 소영이 보였다.

그 모습을 보자 긴장이 탁 풀리며 피식 웃음이 새어 나왔다.

지후는 꿈을 자주 꾸지 않기에, 특히나 오늘처럼 차원전쟁이 있는 날 꾼 꿈은 지후의 기분을 어지럽혔다.

하지만 그것도 잠시뿐이었다.

자신의 옆에서 곤히 자고 있는 아영과 소영을 보니 긴장감이 풀어지며 웃음이 나올 뿐이었다.

막 사는 것처럼 가리고 살았지만 내면엔 분노뿐인 삶이었다. 그런 자신이 누군가를 지키고 싶다는 마음을 품게 해준 두 사람이었다.

오늘 시작될 일곱 번째 차원전쟁에서도 반드시 승리할 것이다.

그래야 두 사람의 체온을 더욱 오랜 시간 느낄 수 있을 테니까.

◆

기다린 건 아니지만 피할 수도 없는 일곱 번째 차원전쟁이 시작되고 있었다.

꿈자리가 뒤숭숭 했기에 여전히 찝찝한 기분을 지울 수는 없었지만 지후는 최대한 신경 쓰지 않으려 노력했다.

정오가 되자 본격적인 차원전쟁의 시작을 알리는 지각변동이 시작됐다.

지반의 흔들림이 멈추자 드론들은 일제히 차원전장을 향해 날아갔다.

드론들이 분주히 움직이는 사이 지후는 뒤를 돌아 병사들을 바라봤다.

두 달간의 휴식으로 병사들의 정신과 몸은 더욱 성숙해져 있었다.

자신들이 왜 싸워야만 하는지를 이제는 제대로 알고 있었고 눈빛에는 전쟁에서 승리하고 반드시 살아서 돌아가겠다는 의지가 가득했다.

그랬기에 전쟁을 앞두고 했던 한 달의 훈련은 세 달 동안 훈련만 한 것보다 훨씬 더 좋은 효과를 보여줬다.

재충전을 하고 돌아온 병사들은 훈련을 해야 하는 이유를 알고 있었고, 이래서 적당한 휴식은 능률을 올려준다는 말이 있는 것 같았다.

병사들을 바라보던 지후에게 다급한 무전이 들어왔다.

"폐하. 전방에 게이트가 나타났습니다."

지후가 평소에 사용하던 게이트가 이지제국의 정문 앞에 나타났고 그곳에선 적들이 쏟아져 나왔다.

평소에 이지제국이 자주 쓰던 기습작전과 유사한 공격이 이지제국을 향해 쏟아지고 있었다.

개 때처럼 쏟아져 나오는 적들을 보며 지후는 인상을 찡그렸지만 당황하지 않는 병사들을 보며 안심했다.

힘든 시기를 겪었지만 그들도 산전수전을 다 겪고 지금까지 생존해 있는 베테랑이었다.

지금처럼 적들이 기습하는 상황은 그동안 시뮬레이션을 통해 충분히 연습했기에 이지제국의 병사들은 담담한 표정을 지으며 게이트를 바라봤다.

지후는 별다른 명령을 내리지는 않았다.

지후는 일인군단이자 특수부대였기에 병사들의 전술에서 제외였다.

그랬기에 대부분의 지휘는 지후가 아닌 윌로드가 하고

있었고 지금도 윌로드가 소리를 지르며 지휘를 하고 있었다.

"모두 조준!"

타닥 탁 탁. 촤아악.

모든 병사들의 총구가 게이트에서 쏟아지는 적들을 향하고 있었고 포신들은 대부분 게이트를 폭격할 준비를 하고 있었다.

"탱크는 게이트를 폭격하고, 나머지는 모두 3점사로 적들을 공격해!"

퍼엉! 탕탕탕! 탕탕탕! 퍼어엉! 탕탕탕!

거센 불꽃을 토해내며 탱크와 이지제국의 병사들이 적들을 공격했지만 적들 역시 만만치 않았다.

서양식 갑옷을 입고 큼지막한 방패를 들고 있는 적들의 병사들은 이지제국의 총알을 모두 막아내고 있었고 게이트에 쏟아지는 포탄마저 적들에게 큰 피해를 주고 있지는 않았다.

이지제국 최강의 병기인 아스코드차원의 로봇을 조종하는 병사들이 레일건으로 게이트를 조준하는 순간, 그 순간 눈앞엔 수백 개의 게이트가 동시다발적으로 열리고 있었고, 그 곳에선 마치 자살폭탄 테러를 하는 미친 테러리스트들처럼 날아오는 총탄들을 무시한 채로 이지제국을 향해 벌 때처럼 달려드는 적들만이 있었다.

"당황하지 마라! 그동안 우리가 했던 훈련은 결코 저 정도의 적들에게 무너질 정도로 호락호락 하지 않다!"

지후는 아군의 사기를 높여주는 아이템을 사용하며 말을 하고 있었고 지후의 말에 병사들은 그동안 흘렸던 땀을 생각하며 적들을 향해 쉬지 않고 총탄을 발사했다.

펑! 퍼엉! 쾅!

그동안 설치해둔 수많은 지뢰와 함정이 발동하며 적들을 공격했지만 이지제국을 향한 적들의 공격은 멈출 기미가 보이지 않았다.

"삼점사!"

탕탕탕! 탕탕탕!

"멈추지 말고 쏴!"

"절대로 적들이 올라오지 못하게 막아야 해!"

타타탕탕탕탕탕! 타다타아탕탕탕탕!

성벽을 가득 매우고 있는 기관총들이 쉴 틈 없이 총성을 토해내며 적들을 공격했다.

하지만 적들의 방패수들은 뛰어났다.

방패수들은 자신들의 주변만큼은 제대로 방어하고 있었고 그들의 뒤에선 이지제국을 향한 화살공격이 이어졌다.

다행히도 성벽은 튼튼했고 견고했다.

다만 튼튼하다고 생각했던 이지제국 병사들의 슈트가 적들의 화살에 뚫리고 있었다.

대체 어떤 금속으로 만든 화살인지 알 수 없었지만 적들의 화살은 이지제국 병사들의 슈트를 뚫으며 공격해오고 있었다.

"막아!"

"포병들은 뭐하고 있는 거야! 얼른 쏴버려!"

뚫으려는 자들과 막으려는 자들의 정신없는 공성전 속에서 비명은 커져만 갔다.

콰아앙! 콰아앙! 쾅! 콰앙!

성벽에 설치된 무수히 많은 레일건들과 플라즈마포가 적들을 향해 쏘아져 나갔다.

흙먼지와 함께 적들의 죽음이 목격됐지만 적들은 아랑곳하지 않고 계속해서 달려들고 있었다.

말 그대로 고기방패가 되어 자신들의 의지와는 상관없이 이지제국을 향해 돌진만을 하고 있었고 막아내야만 하는 이지제국의 병사들은 손을 더욱 분주히 움직였다.

지후는 뭔가 이상하게 찝찝한 느낌이 여전히 가시질 않고 있었다.

적들의 기습이 문제였다면 지금은 이 찝찝한 느낌이 사라졌어야만 했다.

기습을 막아내는 중이니까.

하지만 알 수 없는 이 찝찝한 느낌은 여전히 사라질 생각을 하지 않고 있었고 점점 지후를 초조하게 만들고 있었다.

그 순간 무전을 통해 다급한 음성이 오가고 있었다.

"동문에 게이트가 출연했습니다!"

"서문도 게이트가 출연…. 적들이 몰려옵니다!"

"남문에도 다수의 게이트가 출연…."

보고를 듣는 윌로드의 이마에는 땀방울이 송글송글 맺혀 있었고 이마에 맺힌 땀방울을 닦으며 안도의 한숨을 쉬고 있었다.

지후와 진군을 하려던 병사들이 북문에 과반수이상 몰려 있었지만 혹시나 하는 생각에 수비 병력들을 북문으로 부르지 않았기 때문이다.

만약 이곳을 막기 위해 병력을 뺐다면 다른 문들이 단숨에 뚫렸으리라.

그런 섬뜩한 생각이 윌로드의 머릿속을 스쳐지나갔고 최악의 상황은 면했다는 생각과 함께 윌로드는 병력들을 빠르게 다른 곳으로 지원 보냈다.

윌슨은 남문으로, 지현과 수혁은 동문으로, 지후의 두 부인은 서문으로 군단장들과 함께 지원을 보냈다.

성문들끼리는 지후가 게이트로 연결을 해두었기에 윌로드의 명령이 떨어짐과 동시에 이동할 수 있었다.

지금의 이지제국은 너무나 방대한 영토를 가지고 있었기에 이런 식으로 게이트를 통한 이동이 전쟁에 필수였다.

윌로드의 빠른 대처 덕에 모든 성문은 뚫리지 않고 굳건히 버티며 제대로 대응을 하고 있었지만 지후는 여전히 사라지지 않는 찝찝한 느낌에 기분이 좋지 않았다.

윌로드는 지후와 함께 북문을 지키고 있었지만 지후의 좋지 않은 표정에 선뜻 말을 걸지 못하고 있었다.

지후의 표정도 문제지만 윌로드의 눈에는 지후 말고도 신경 쓰이는 것이 있었다.

처음 게이트가 열렸을 때부터 적들의 방패수들이 너무나 이지제국의 공격을 잘 막아내고 있었기에 저 방패수들을 빨리 처리할 필요가 있었다.

저들만 사라지면 방패 뒤에서 활을 쏘고 있는 적들을 죽이는 건 어렵지 않은 일이었으니까.

그런 일에 지금 이 순간 가장 적합한 사람은 윌로드가 생각하기에 딱 한 사람뿐이었다.

하지만 그 사람은 자신이 명령을 내릴 수 있는 사람이 아니었고, 지금 너무나 심각한 표정으로 인상을 찡그리고 있기에 차마 도와달라는 말을 하고 싶어도 윗입술과 아랫입술이 붙어서 떨어지지를 않았다.

지후는 누군가 자신을 바라보고 있는 눈길이 느껴져 고개를 돌렸고, 고개를 돌리자 애가 타는 눈빛으로 바라보고 있는 윌로드와 눈이 마주쳤다.

똥마려운 강아지마냥 안절부절 못하고 있는 윌로드의

모습에 자신이 찝찝한 기분을 너무 내색 하고 있었다는 생각을 하며 표정을 풀고 입을 열었다.

"왜? 할 말 있으면 해."

"폐하…. 드릴 말씀이 있습니다."

"뭔데?"

"저 방패수들을 좀…."

"저놈들만 쓸어주면 돼? 다른 건 없고?"

"예. 일단 저 방패수들만 처리해 주시면…."

"알았어."

윌로드의 걱정과 다르게 지후의 대답은 시원시원했다.

막말로 전장을 지휘하는 윌로드의 기가 죽어선 절대로 안 되기에 지후는 윌로드의 기를 살려주기 위해 윌로드의 말을 흔쾌히 들어줬다.

지후는 바로 소울아머를 활성화 시킨 뒤 전장을 향해 점프했다.

콰앙!

지후는 한참 방패로 이지제국의 총알세례를 막고 있는 방패수에게 주먹을 내리 꽂으며 착지했다.

방패수는 지후의 공격을 막아냈다.

지후의 주먹에 의해 방패는 찌그러졌지만 아직은 사용이 가능해 보였다.

다만 방패를 들고 있던 방패수는 방패와 딛고 있던 땅

사이에서 압사당해 있었다.

지후는 자신의 주먹을 막아낸 방패를 바라보며 생각이상으로 단단한 금속이라는 생각과 이번 전쟁에선 바로 이 방패의 금속을 얻는 것이 과제라는 생각이 들었다.

이 정도의 강도라면 이지제국의 무력을 한 단계 성장시킬 수 있을 것이다.

공격력이 아닌 방어력만으로도 충분히 성장할 수 있기 때문이다.

지후의 등장에 긴장을 하며 적들은 방패를 치켜들었다.

그리고 이어진 화살세례.

지후는 날아오는 화살을 무시하며 돌진했다.

쾅! 쾅! 쾅! 쾅쾅! 콰앙!

지후는 돌진을 멈추고 보법을 밟으며 날아오는 화살세례를 피하고 있었다.

소울아머 속의 지후는 말 그대로 깜짝 놀란 상태였다.

적들의 화살은 겉보기와는 전혀 다른 위력이었다.

화살에서 많은 기운이 느껴지지는 않았다.

그랬기에 소울아머를 믿고 돌진했지만 소울아머에 느껴지는 충격은 상상이상이었다.

그렇다는 건 저 화살 자체의 강도와 활의 위력이 무시무시하다는 것이다.

이대로 무식하게 돌진을 하는 건 영혼력의 낭비였기에 지후는 보법을 밟으며 차분하게 접근했다.

지후는 주변에 강기를 띄워 날아오는 화살을 요격하며 접근해 방패수들을 공격했다.

방패수들은 생각보다 민첩한 움직임으로 지후의 공격을 피하거나 충격을 흘려냈다.

직접 부딪혀보니 알 수 있었다.

방패수들도 지후처럼 보법을 밟으며 움직이고 있었다.

그들이 만약 이지제국의 병사였다면 유용하게 쓰일 인재들이었지만 지금은 적이었다.

그리고 저들을 죽이지 못하면 언제 북문의 균형이 깨질지 알 수 없었기에 지후는 아쉬운 마음을 뒤로하고 방패수들을 공격했다.

방패수들이 보법을 밟기 힘들도록 지후는 강기와 심검을 적절히 난사했다.

그리고 진각을 밟으며 제대로 보법을 밟을 수 없도록 적들이 딛고 있는 지반을 들썩이게 하면서 끊임없이 방해하며 공격했다.

하지만 공격을 하면 할수록 아쉬움이 커져만 가서 지후는 전투 중에는 잘 하지 않는 적과의 대화를 나누고 있었다.

물론 일방적이었지만.

"정말 아쉬워. 적이 아니었다면 좋았을 텐데. 하지만 이게 차원전장이지. 오늘의 적이 내일의 동지가 되기도 하는 비상식적인 곳이 차원전장이지…."

"죽어라!"

아직 말이 안 끝났는데….

말을 끊고 공격하는 적들을 향해 지후는 짜증이 가득 담긴 주먹을 휘두르기 시작했다.

"형이 진지하게 말을 하면 귀담아 들을 줄도 알아야지! 어디서 말을 끊고 지랄이야."

콰앙!

"앞으로!"

퍼억!

"형이!"

빠각!

"말할 땐!"

쿠웅!

"끊지 말고!"

빡!

"귓구멍!"

퍽!

"활짝 열고!"

쾅!

"들어!"

쿠웅!

진지하게 하던 말을 끊은 적으로 인해 순간적으로 흥분을 한 지후는 순식간에 적들을 압살했다.

아니, 구타했다.

방패수들 대부분이 지후의 주먹에 의해 한줌 핏물이 되어 버렸다.

'하… 쓸 만한 놈들이었는데… 왜 형이 말하는데 끼어들어서….'

지후는 혼잣말을 중얼거리며 남아있는 방패수들을 공격했다.

방패수들이 사라진 궁수들은 이지제국의 총알 앞에 하나씩 쓰러져갔다.

전장이 조금씩 이지제국으로 기울고 있을 때 새로운 게이트가 열리고 있었고 거기서 나오고 있는 적들을 바라보며 지후는 전쟁터라는 사실도 잊은 채 넋을 잃고 있었다.

그저 게이트에서 나오는 적들만을 바라보고 있을 뿐이었다.

'찝찝했던 이유가… 그 꿈을 꾼 이유가… 이거였냐….'

◆

지후가 넋을 잃고 게이트를 바라보고 있는 사이 게이트에서 빠져나오고 있는 적들은 이지제국의 성벽으로 순식간에 달려왔다.

"어서 쏴!"

"접근하지 못하도록 막아!"

탕탕탕탕탕탕! 탕탕탕! 타타타타타타탕!

이지제국의 병사들은 적들이 성벽으로 다가오지 못하도록 필사적으로 사격을 했지만 적들은 너무나 손쉽게 총알을 피해냈다. 적들이 성벽 앞에 다다랐을 즈음에 몇몇은 단숨에 성벽을 뛰어 올랐고 몇몇은 성벽을 밟으며 수직으로 뛰어왔다.

순식간에 성벽위로 적들이 올라오자 방패수들과 검과 창을 사용하는 병사들이 적들을 향해 달려 나갔다.

챙! 챙!

촤악!

엄청난 인파가 저마다 치열한 사투를 벌이고 있었지만, 지후는 여전히 넋을 잃고 게이트만을 바라보고 있었다.

"크큭큭. 푸하하하하하하하. 아직도 빌어먹을 인연이 이어져 있었단 말이냐!"

멍하니 있던 지후가 갑자기 박장대소를 하며 적들을

바라봤다.

이제야 알겠다.

자신은 과거로 가거나 회귀를 한 게 아니었다.

차원이동으로 다른 차원에 갔었고 다시 지구로 차원이동을 한 것이었다.

왜냐고?

눈앞의 적들은 지후와 생사를 함께했던 무림인들이었다.

무림인들이 지후가 기억하는 기억이 차원이동을 했던 것이라는 것을 증명하고 있었다.

과거였다면 차원전장에 나타났을 리가 없으니까.

다른 차원의 무림인이 아니냐고?

천만에!

자신을 지나쳐 이지제국의 성벽을 넘은 무리들 중엔 자신이 아는 얼굴들이 몇몇 섞여 있었다.

그들의 무공과 말투 행동, 그 모든 것이 자신이 아는 것과 같았다.

얼굴로 보아 자신이 떠나고 20년 정도가 흐른 것으로 보이는데 이 무림인들을 대체 어찌해야 할지 지후는 갈피를 잡을 수가 없었다.

자신의 힘의 근본은 무림이었다.

지금 이지제국을 공격하고 있는 무림인들은 지후의 힘의 근본이자 뿌리였다.

'하필 오늘 빌어먹을 꿈은 꿔가지고….'

그랬기에 저들을 무조건 죽여야 하는지 망설여지고 있었고 쉽사리 결정을 내리지 못하고 있었다.

콰앙!

적들이 진각을 밟고 튀어 오른 돌멩이들을 이지제국 병사들을 향해 힘껏 차고 있었다.

쉬이이익!

그저 발로 찼다고 보기엔 무리가 있을 만큼 빠른 속도로 공기를 가르는 파공성을 흘리며 병사들에게 쏘아져 나갔다.

이지제국 병사들이 쏘는 머신건 정도의 파괴력이라고 해야 할까?

날아오는 건 고작 돌멩이였지만 피할 수 없는 빠름이었고 그 돌에 담긴 내공은 이지제국 병사들의 슈트를 찌그러뜨리거나 부수기에 충분한 힘을 품고 있었다.

콰직!

빡!

으악!

갑작스러운 돌멩이 공격에 병사들이 쓰러지고 있었고 윌로드의 지휘아래 방패수들이 빠르게 자리를 잡으며 날아오는 돌멩이들을 막아냈다.

병사들은 적들의 공격을 보며 같은 생각을 하며 의문을 품고 있었다.

자신들이 알고 있는 한 사람과 너무나 비슷한 움직임이었다.

바로 이지제국의 황제인 지후와 적들의 움직임은 너무나 비슷했다.

저들의 몸놀림과 땅을 밟는 공격.

그동안 지후가 전장에서 보여주던 그 몸놀림이었기에 병사들은 멍하니 있는 지후를 바라보며 어떻게 된 일인지 당혹스러운 감정을 느끼고 있었다.

서걱!

쉬이익!

적들의 움직임은 확실히 지후와 닮아 있었다.

언젠가 지후가 검을 들고 전투를 했을 때 보여준 그 검무와 지금 적들이 하는 공격은 판박이였다.

적들이 검무를 출 때마다 섬뜩한 파열음이 들렸고 이지제국 병사들의 선혈이 전장에 흩뿌려지고 있었다.

적들의 신묘막측한 움직임에 당황하며 이지제국 병사들이 뒷걸음질을 치기 시작했다.

아직은 버텨내고 있었지만 이런 적들의 공세가 계속된다면 순식간에 균형이 무너질 것이었다.

"폐하! 폐하!"

윌로드는 지후를 향해 거듭 목소리를 높이며 무전을 보냈다.

병사들이 죽어나가고 있는 상황에도 지후는 가만히 서 있을 뿐이었고 묵묵부답이었다.

"모두 방어대형으로!"

마냥 지후의 도움을 기다리다간 성벽이 뚫릴 상황이었기에 윌로드는 전열을 가다듬으며 적들을 상대하기 시작했다.

성벽에서는 이지제국의 병사들과 무림인들이 본격적으로 격돌하기 시작했다.

이지제국의 병사들은 그동안 했던 훈련이 헛된 훈련이 아니었다는 것을 몸소 보여주고 있었다.

방패수들이 적들의 공격을 방패로 막으면 바로 공격을 했던 적들을 향해 방패수들의 뒤에 있던 이지제국의 병사들이 무기를 휘둘렀다.

그리고 끊임없이 뒤쪽에선 사격과 함께 원거리 공격들을 하고 있었다.

그동안 매일 땀을 흘리며 했던 훈련이 빛을 발하고 있었고 견고한 대형은 아무리 지후와 비슷한 움직임을 보이는 적들이라도 쉽사리 뚫어내지 못하고 있었다.

병사들은 대형을 유지하며 적을 상대하면 상대 할수록 적들의 움직임이 폐하와 비슷한 움직임이라는 사실을 느끼고 있었다.

기묘한 주먹질과 발길질.

검과 손바닥에서 뿜어지는 공격.

검강과 장법들이 지후가 보여주던 것과 판박이였기에 병사들은 대체 황제와 적들이 무슨 관계가 있는 지 의문에 의문이었다.

적들은 이지제국 병사들의 견고한 대형을 뚫지 못하고 있었다.

하지만 이지제국의 병사들도 적들을 성벽 위에서 몰아내지 못하고 있었다.

적들의 날렵한 움직임과 방어에 이은 공격연계는 쉽사리 이지제국 병사들이 나서지 못하게 하고 있었다.

무림인들은 눈앞의 적들의 저항이 생각이상으로 격렬 하자 호흡을 가다듬으며 방법을 궁리하기 시작했다.

"어서 적들의 방어를 뚫고 성문을 열어야 하오. 소림장문인."

"알고 있소. 모용 가주."

"길은 내가 뚫겠소."

뒤이어 성문으로 올라온 한 사내가 입을 열자 모두가 수긍하며 동의하고 있었다.

"검왕께서 나서주신다면야 일이 한결 수월하겠군요. 그럼 저희 소림과 백팔나한이 뒤를 받치리다."

"남궁세가는 들어라! 제왕검대는 나의 뒤를! 그리고 나머지는 백팔나한의 뒤를 따라 돌격한다."

'남궁세가… 소림… 모용세가라… 다른 문도 난리가 났겠군.'

지후는 홀로 중얼거리며 검왕이라고 불리는 사내가 있는 곳으로 고개를 돌렸다.

드디어 멍하니 있던 지후가 고개를 돌리며 움직였다.

고개가 돌아감과 동시에 지후가 있던 자리에는 잔상만이 남았고, 지후는 순식간에 이지제국의 병사들의 진영을 향해 돌격하려고 하는 검왕의 앞에 나타났다.

"멈춰라!"

쾅!

돌진을 하려던 검왕은 지후의 한 수에 의해 뒤로 쭉 밀려나야만 했다.

뒤로 쭉 밀려나는 검왕을 받치며 돌진을 하려던 무림인들은 발걸음을 멈출 수밖에 없었다.

지후는 소울아머의 투구를 해제하고 무심한 눈길로 무림인들을 바라봤다.

"궁금한 게 있다. 너희는 왜 밑에 있던 나를 무시하고 성벽을 공격하는 거지? 나와 싸우는 게 이 전쟁을 끝내는 가장 빠른 길일 텐데."

"당신은 주… 인… 님의 몫이니까."

검왕은 주인이라는 말을 할 때 이를 악 물며 말을 하고 있었고 그것만으로도 충분히 많은 걸 알 수 있었다.

"너희들은 차원전장에 언제 온 거지?"

"그런 것까지 우리가 말해야 하나?"

"그럼 다른 걸 묻지. 남궁지학 네 나이가 올해 몇이냐?"

지후의 말에 남궁지학이라고 불린 남자.

바로 검왕은 소스라치게 놀라고 있었다.

'대체 어떻게 내 이름을…?'

"마흔 다섯이다! 그런데 넌 대체 어떻게 내 이름을 아는 게냐?"

30년이 흘렀다 이건가. 그래도 현경에 올랐다니 제법이야. 그래서 저놈의 얼굴이 젊어 보였던 거군.

그나마 어릴 때 얼굴이 남아있어서 알아볼 수 있었네. 그런데 현경에 오른 놈이 내 눈앞에만 셋에 화경은 셀 수도 없이 많네. 무림에 피바람이 아주 제대로 불었나 보네. 하긴 차원전장에 왔을 정도니까.

"고작 노예주제에 적의 수장에게 반말이라니. 버릇이 없구나. 지학아."

지후가 마교와의 전쟁을 할 때 선봉에도 설 수 없던 까마득하게 어린 애송이였던 꼬마가 지금 지후의 앞에 검왕이라며 나타났으니 지후는 그저 귀여울 뿐이었다.

'어렸을 땐 나한테 와서 육포하나만 달라고 그렇게 애교를 부리던 녀석이….'

자신이 알고 있던 인물이 맞았기에 반갑기도 했지만 씁쓸하기도 했다.

'차라리 모르는 녀석들이라면 아무런 감정이 들지 않았을 텐데….'

"한 수가 있다는 건 알겠다만 건방지구나. 명령이 아니었다면 내가 당장 네놈의 목을 베어버렸을 게야."

"가능하다고 생각해?"

지후가 살기를 피워 올리며 압박을 가하자 그제야 지후의 경지를 느끼기 시작한 무림인들이 몸을 떨기 시작했다.

"중원은…. 아니 뭐라고 해야 하지? 무림맹? 아무튼 너희는 어째서 모두 노예가 된 것이냐?"

'중원? 무림맹? 네가 그걸 어떻게!'

"이놈! 네놈은 어찌 우리에 대해서 어떻게 알고 있는 게냐! 어서 말하지 못할까!"

지후의 기세에서 빠져나가기 위해 검왕도 기세를 끌어올리며 지후의 말을 받아치고 있었다.

"차원전장이란 곳이 소문이 좀 빠르잖아. 그래서 내가 전부터 너희를 노리고 있었거든. 쓸 만한 것들이라고 들었는데 이렇게 노예로 나타나니 안타까워서 말이야."

남궁지학은 적의 수장으로 보이는 사내가 자신의 이름까지 알고 있다는 사실은 여전히 의문이었지만 고개를 끄덕일 수밖에 없었다.

차원전장의 소문이 빠른 것은 자신도 알고 있는 사실이었으니까.

"그런데 네 놈들의 주인이라는 놈이 그렇게 강한가? 현경에 오른 너희 중에 수장이 없었다면 너희보다 높은 경지에 오른 녀석이 너희들의 수장이었을 텐데."

지후의 말에 남궁지학의 주먹이 파르르 떨렸다.

"지금 우리의 주… 인… 은… 강하다. 하지만…. 휴… 내가 왜 네놈과 이런 얘기를 해야 하는지 모르겠군."

"이왕 얘기를 꺼낸 거 한 번 해봐. 혹시 알아? 내가 네 놈들의 주인이란 놈을 죽여 버리고 너희들을 노예에서 해방시켜 줄지?"

"듣기엔 정말 좋은 말이로군. 안타깝게도 불가능하겠지만."

"왜지?"

"우리가 그들의 노예가 됐으니까. 너희들은 결코 우리를 이길 수 없으니까."

이놈 이거 정말 많이 컸네. 형이 기운의 1할밖에 안 풀었더니 아주 기고만장해가지고.

아직 멀었네.

적의 기량도 제대로 파악하지 못하는 걸 보면.

"그냥 얘기나 해봐. 너희의 원래 수장은 누구였고 어쩌다 그 모양이 된 건지."

"못해줄 것도 없지. 그들은 말 그대로 싸움에 미친 녀석들이다. 삶의 이유가 오직 싸움뿐이지. 하다못해 우리나 다른 노예들의 통제도 별로 하지 않아. 그러니 지금 너와 내가 이렇게 대화도 할 수 있는 거겠지. 그들은 우리에게 전장에 가서 놀고 있으라더군. 물론 그들의 사고방식이 특이해서 우리가 그나마 살만한 건 인정할 수밖에 없는 사실이지만."

"살만하다고?"

"그들의 사고방식은 강자존이다. 강한 종족은 그만큼 대우를 해주지. 자신들의 종족 다음으로 강한 종족이 우리라며 우리에겐 지금 너와 대화를 할 정도의 자유는 줬지. 무조건 전진만하는 노예들과는 다르지."

강해서 대우를 받고 있다는 건가.

웃기는 군.

하지만 마음에 드는 사고방식이야.

"그런데 하나가 빠졌어. 너희들의 수장은 대체 누구였지? 너희들의 경지를 봐서는 너희들의 수장은 현경을 뛰어넘었을 텐데. 그런데 패했다고?"

남궁지학은 지후의 말에 주먹을 말아 쥐며 분하다는 듯

이 몸을 부르르 떨고 있었다.

남궁지학 뿐만 아니라 남궁지학의 뒤에 있는 모든 무림인들이 하나같이 같은 반응을 보이고 있었다.

"대결은… 수장간의 일대일 비무였고 우리의 수장이 패했다."

이를 갈며 말을 하는 남궁지학의 말에는 비통함과 억울함이 느껴지고 있었다.

"그러니까 수장이 누구였는데?"

"황보혁. 무림맹주이자 우리 세상의 왕으로 선택된 자."

"황보……세가…?"

"그래. 그 빌어먹을 황보세가!"

황보세가가 그럴 세력이 없었을 텐데… 내가 죽을 때도 황보세가는 막 재건을 하는 시기였어.

그런 영향력이 있을 리가 없을 텐데….

"권왕이라고 불리던 사내가 있었지. 황보지환이라고 미친놈이었지만 존경을 받을 만 했어. 그로 인해 무림이 평화를 찾기도 했으니까. 하지만 그로 인해 지금 우리는 이 꼴을 겪고 있지."

남궁지학은 원망과 분노가 섞인 음성으로 말을 하고 있었고 그 말을 들을수록 지후는 혼란스러웠다.

'나 때문이라고?!'

"그가 죽고 그의 가족들이 백성들의 입방아에 오르락내리락 하기 시작했지. 천마를 죽인 희대의 영웅을 배출한 집안이라고. 무림도 당시에는 상황이 좋지 않아서 그 분위기에 편승해서 황보세가를 주축으로 다시 기반을 다져야만 했지. 그래서 황보지환의 다섯째 동생이 무림맹주가 됐고 그의 아들이 그 자리를 이어받았지. 그리고 세상에 이상한 괴물들이 나타났고 싸웠지. 이곳에 끌려왔을 때 맹주는 강하지 않았지만 아무것도 모르는 백성들은 그가 강할 거라고 착각했지. 황보지환의 후손이고 무림맹주의 자리를 차지하고 있으니 백성들에게 압도적인 지지를 받았지. 지지를 많이 받아서 인지 그는 왕으로 선택받았다. 그리고 그 결과가 지금 이 꼴이지. 고작 화경의 초입에 든 애송이가! 왕이라니! 이게 다 황보지환 때문이다! 그 미친놈이 세상을 너무 들쑤셔 놓고 멋있게 죽어서 그렇게 된 것이다!"

꼬였구나. 아주 제대로 꼬였어.

왜 그런 꿈을 꿨는지 이제야 알 것 같네.

아마도 가문이 싼 똥을 치우란 거겠지…

'아버지! 제가 떠나던 날 당신이 살수들을 막아줬다는 몰랐던 사실을 보여준 이유가 이거였습니까?

그래서 전쟁에 나가는 아들의 꿈에 새삼스럽게 나타나셨던 겁니까! 이제와 가문이 싼 똥을 치워달라는 겁니까?'

“내가 보기엔 황보지환인가 그 사람이 욕먹을 일이 아닌데?

멍청한 것들을 앞세우고 그들을 중심으로 뭉친 건 너희의 잘못이잖아.”

“그 분의 핏줄이 그렇게 무능할 것이라곤… 누구도 생각하지 못했으니까.”

핏줄이라고 하지마라… 물론 피는 섞였겠지만 내 알맹이는 메이드 인 지구였으니까.

“그럼 지금 너희들의 실질적인 수장은 누구지? 무림맹주라고 해야 하나? 대체 누구지?”

“무림맹주라… 그런 건 이제 없다. 황보혁이 죽은 뒤에는 뽑지 않았으니까.”

단단히 미움 받고 있네.

황보세가가 어지간히 무능했나 보구나.

“그래도 너희를 대표할만한 사람은 있을 텐데?”

“혈마 지천위. 그가 우리의 대표다.”

혈마라고?

하하하. 재미있구나. 정파의 대표 격인 남궁세가의 입에서 혈마를 대표라고 말하다니.

어지간히도 꼬였어.

“너희는 정파가 아닌가? 그런데 혈교가 수장인 꼴을 보고 있다고?”

"그럼 어쩌란 소리지? 이 미친 세계에서? 그리고 무능한 황보혁보단 무력이라도 강한 혈마가 훨씬 낫지."

"정파의 대표격인 네 입에서 혈마를 인정하는 말을 들을 줄이야."

하긴 혈마의 무공 같은 게 몬스터들에겐 제격이었겠지.

매일이 전쟁이고 싸움이니 피는 넘쳐났을 테고 그야말로 혈교가 꽃피는 시기였겠어.

"하하하. 지금 같은 시대에 그런 게 무슨 의미가 있지? 정파? 사파? 마교? 대체 무슨 의미가 있지? 서역인들이나 금의위나 모두가 다 같은 노예거늘. 그저 아쉬울 뿐이야. 혈마나 무당장문인, 화산의 검후 중에 우리의 왕이 있었다면 지금 우리는 노예가 아니었을 것 같거든. 물론 지금의 주인도 강하긴 했지만 제대로 싸워보기라도 했겠지. 우리의 왕이란 놈은 주먹 한 번 휘두르지 못하고 맥없이 패했고 우린 뭘 해보기도 전에 노예가 되 버렸거든."

'억울할 만도 하네. 저놈의 말대로라면 그 셋은 현경을 뛰어 넘었다는 소리니까. 나와 같은 경지라고? 재미있겠어. 그런 놈들이 노예가 되어 있다니.'

지후의 머리는 오랜만에 제대로 생각이란 걸 하고 있었다.

적의 수장만 잡는다면 혈마나 무당 장문인이나 화산파의 검후 같은 무림인들을 단숨에 이지제국의 백성으로 얻을 수 있다는 말이었기에.

'운만 따른다면 이건 로또보다도 더한 대박이다.

그리고 적들이 아까 자신을 공격하지 않은 것으로 봐서 적은 일대일 대결을 즐긴다.

싸움에 미친 종족이라… 재미있겠어.

우선은 여기부터 빨리 해결해야겠네. 현경의 무인들은 군단장들이 어떻게든 막아내겠지만 혈마나 무당장문인, 화산파의 검후라는 놈들은 결코 상대하기 쉽지 않을 테니까. 피해를 막으려면 내가 상대하는 게 최선이야. 그런데 화산파의 검후라… 혹시 그 꼬맹이도 아직 살아 있으려나…? 아니겠지…?'

지후가 생각을 정리하기 무섭게 지후의 무전기에 다급한 군단장들의 무전이 들리고 있었다.

[폐하! 폐하와 비슷한 공격을 하는 적들이…!]

[폐하…!]

"지금 이 순간부터 개인적인 공격이나 전투는 삼간다. 내가 갈 때까지 대형을 유지하며 방어에 치중하고 있도록 해. 이곳을 처리하는 즉시 도우러 갈 테니까. 절대로 적들과 직접적으로 싸우지 마라."

[추웅!]

지후의 무전에 군단장들은 어떠한 물음도 없었고 그저 지후의 말을 따를 뿐이었다.

자신들의 황제이자 전쟁터에선 가장 믿음직한 전사였으니까.

'일단 꼬맹이가 얼마나 잘 컸는지 실력이나 한 번 봐볼까?'

"그러고 보니까 내 소개도 안 했네. 나는 이지제국의 황제 이지후다. 초면에 실례했어. 내가 소개를 할 정도로 너희가 강하지 않아서 말이야. 그러니 이쯤에서 돌아가는 게 어때? 너희 주인이 너희한테는 어느 정도 자유를 준다며? 그러니 돌아가. 너희가 공격을 하겠다면 지금부턴 나도 손을 좀 쓸 생각이거든. 괜히 맞고 울지 말고 돌아가는 게 어떨까? 내가 원래 이런 친절한 제안은 하지 않는데 너희가 딱해서 특별히 해주는 거야. 주인 잘못만나서 노예가 된 것도 억울한데 여기서 개죽음을 당하는 건 너무 서럽잖아."

말로는 돌아가라고 하고 있었지만 어서 덤벼보라고 도발을 하고 있다는 걸 느끼지 못할 정도로 남궁지학이나 듣고 있는 무림인들은 바보가 아니었다.

"네놈도 황보혁과 똑같구나. 만인의 위에 선 황제라는 자의 언사치고 너무나 가볍구나. 어린놈이 운 좋게 황제가 되어서 주둥이만 살았어. 네놈은 볼수록 황보혁을 생각나게 하는구나. 내가 오늘 그 버릇을 고치고 우리의 한을 풀겠다!"

이것들이 죽으려고 용을 쓰네.

듣기만 해도 무능한 새끼랑 나를 같은 선상에 두고 본단 말이야!?

“오늘 저 놈을 죽여 우리의 한을 조금이나마 풀어보자꾸나. 너희들도 무능한 왕을 섬기는 고통을 느껴 보거라!”

남궁지학은 마지막 말을 할 땐 이지제국의 병사들을 향해 호통을 치며 말을 하고 있었고 그걸 들으며 이지제국의 병사들은 피식 웃다가 인상을 구기며 무기를 움켜쥘 뿐이었다.

대체 누굴 무능하다고 하는 건가?

우리의 황제가 얼마나 뛰어난데.

성격에 문제가 있는 건 인정하지만 전쟁터에서만큼은 가장 믿음직한 사내가 황제폐하 였기에 어이가 없어 튀어나오는 웃음과 말도 안 되는 적들의 말에 대한 불쾌감에 이지제국의 병사들은 언제든 싸울 수 있도록 긴장감을 고조시켰다.

“지학아. 건방도 정도껏 떨 거라. 오랜만에 할애비가 네 놈의 재롱 좀 보자꾸나. 오너라!”

지후의 말에 남궁지학과 무림인들은 황보혁 때문에 자신들이 이런 수모를 겪고 있는 것이라는 생각과 함께 눈앞의 지후에게 더욱 살기를 피워 올리며 검을 뽑고 돌진했다.

"오늘 그 버릇없는 주둥이를 베어버릴 것이다!"

가공할 기세를 뿜어내며 남궁지학은 제왕검법을 펼치며 지후와의 거리를 좁히고 있었다.

남궁지학이 보기에 적의 황제는 애송이였다.

눈앞의 애송이는 지금이 어떤 상황인지조차 파악하지 못하고 멀뚱히 자신을 바라보고만 있었다.

황보혁의 죽음이 딱 저랬다.

상황파악을 하지 못하다 단숨에 머리가 으깨져 그동안 모두의 노력을 물거품으로 만들었다.

그런 황보혁과 하는 짓이 비슷한 적의 수장을 보자니 남궁지학의 기분은 너무나 불쾌하고 심사가 뒤틀리는 기분이었다.

그랬기에 더욱 매서운 검강을 적의 황제의 목을 향해 휘둘렀다.

'제왕무적검강이라… 이놈이 나를 죽이겠다는 심산이로군.'

지후는 공간을 가르며 베어오는 검강을 바라보며 묘한 미소를 지었다.

참으로 오랜만이었다.

다시는 볼 수 없을 거라고 생각했던 애송이가 이렇게 자라서 자신에게 검을 마주할 정도로 클 줄이야.

그러니 어른 된 도리로서 호되게 가르쳐 줘야 한다.

함부로 검을 뽑으면, 상대의 경지를 제대로 파악하지 못하면 죽도록 맞을 수도 있다고.

무인들은 특히나 맞으면서 배워야 제대로 배운다.

특히 이런 전쟁터에서 맞는 매는 모든 걸 속성으로 배우게 해준다.

지후는 오랜만에 꼬마에게 육포대신 주먹을 들어야겠다는 생각을 하며 이화접목의 수로 베어오던 검강을 가볍게 뒤쪽의 무림인들 쪽으로 흘리며 발출했다.

콰아앙!

달려오던 무림인들은 갑작스럽게 날아온 검강에 놀라 경공을 다급하게 멈췄다.

하지만 몇몇은 제왕무적검강의 무시무시한 위력으로 인해 내상을 입고 피를 토하고 있었다.

"이… 이 무슨…!"

남궁지학은 자신의 공격이 너무나 허무하게 무위로 돌아가자 지후를 바라보며 경악을 하고 있었다.

"꼭 맞아야 말을 듣는 것들이 있어. 돌아가라고 할 때 그냥 돌아갈 것이지."

지후의 목소리가 또렷하게 남궁지학의 머릿속에 들려왔고 자신에게 보낸 전음에 경악하며 지후를 바라보는 순간 지후의 주먹이 남궁지학의 복부를 올려치고 있었다.

"커억!"

남궁지학은 지후의 주먹에 저만치 날아가 처박히고 있었다.

남궁지학은 복부에 꽂혔던 어마어마한 힘을 담고 있는 주먹에 경악을 하며 배를 움켜쥐고 있었다.

단전이 깨질 것 같은 엄청난 충격과 역류하는 위액을 토해내며 남궁지학은 겨우겨우 몸을 돌려 엎드릴 수 있었다.

굴욕적이었지만 자신이 잘못생각하고 있었다는 사실을 단숨에 알 수 있었다.

방심했던 것도 사실이고 적의 실력을 제대로 파악하지 못한 것도 사실이었다.

어서 이 사실을 모두에게 말을 해야 하건만 목소리가 제대로 나오지 않았다.

그 사이에 적의 수장이 몸을 움직이며 제왕검대를 향해 몸을 날리고 있었다.

남궁지학은 당장이라도 소리를 질러 방심하지 말라고 말을 하고 싶었지만 끝내 적의 수장이 당도하는 순간까지 목소리가 나오지 않았고 그저 바라봐야만 했다.

퍽! 빠악! 빠각! 퍼억!

순식간이었다.

눈 깜짝할 사이에 적의 수장은 두 주먹으로 제왕검대를 박살내고 있었다.

'이거지.'

옛 추억의 회상에 빠진 지후는 무림인들을 힘껏 패고 있었다.

죽지는 않을 정도로.

하지만 당분간 전투가 불가능할 정도로.

'그동안 샌드백들은 툭 치면 픽하고 쓰러져서 힘 조절하느라 영 힘들었거든.'

옛 생각에 빠진 지후는 신나게 주먹을 휘두르고 있었다.

진정 손맛이 짝짝 달라붙는 게 윌슨에게도 느끼지 못했던 찰진 느낌이다. 이놈들이 추억과 함께 맞고 싶어서 찾아올 줄이야.

말 그대로 땡큐 때땡큐였다.

그들은 지후의 진정한 정체가 누군지 모른다.

사실 천마 말고는 그 누구도 알지 못한 지후의 진정한 정체였다.

다만 지후에게 맞으면서 그들의 머릿속에 생각나는 한 사람이 있었다.

그들의 기억 속에 있는 미친놈이….

왜 그 미친놈이 떠오르는지 모르지만 적의 수장은 그의 모습과 묘하게 닮아 있었다.

지후는 때리면 때릴수록 오랜만에 제대로 된 손맛을 느끼면서 기분이 업 되고 있었다.

역시 샌드백은 반항도 하고 움직여줘야 때릴 맛이 나는 거다.

어느 정도 힘을 줘서 때려도 즉사는 하지 않을 거라는 무림인들에 대한 강한 믿음과 신뢰가 있었고 그들의 경지가 지후의 주먹에 쉽게 죽을 정도의 경지는 아니었기에 지후는 신나게 주먹을 휘두르고 있었다.

"이놈! 멈추지 못할까!"

소림장문인의 사자후와 함께 지후를 단숨에 짓눌러버릴 듯한 대수인이 지후를 향해 쏘아져 오고 있었다.

바로 그 뒤에는 모용세가의 가주와 장로로 보이는 자들이 섬광추혼검과 섬광분운검으로 지후가 회피할만한 곳을 점하며 찔러 오고 있었다.

'몇 년 전의 나였다면 재밌는 상대가 됐겠어. 하지만 지금의 나는 현경을 넘어선지 오래라고!'

'벽력신장!'

지후는 이제는 어지간해선 초식에 얽매이거나 굳이 무공의 틀에 얽매여 사용을 하지는 않았지만 오늘은 달랐다.

추억과 함께 피가 끓어오르고 있었고 그들에게 재미난 장난을 치며 혼란을 주고 싶었다.

지후의 벽력신장이 소림방장의 대수인과 충돌하며 충격

파가 주변을 휩쓸었다.

엄청난 충격파로 인해 지후를 공격하려던 모용세가는 잠시 경공을 멈출 수밖에 없었다.

저 정도 위력이라면 발을 잘못 내딛는 순간 충격파에 의해 내상을 입을 수도 있었으니까.

흙먼지가 걷히고 소림방장의 입가에는 약간의 핏물이 흐르고 있었지만 심각한 내상으로 보이진 않았다.

반면 지후는 너무나 멀쩡한 모습이었다.

지후는 주변을 훑어봤다. 소림방장이나 자신을 둘러싸고 있는 모용세가의 인물들 중엔 제법 알법한 얼굴들이 섞여 있었다.

살아있다는 가정 하에 지후와 가장 안면이 있는 무림인들을 뽑는다면 남궁지학과 화산파의 곽수연 정도, 나머지 몇몇은 그저 대면 대면할 뿐이었다.

그 둘이 지후를 가장 잘 따라다녔고 지후도 그 둘을 가장 챙겨주었었다.

뭐 지금은 자신보다 늙은 모습으로 나타난 남궁지학을 보며 혹시라도 수연이 살아있다면 안 보고 지나치고 싶었다.

어렸을 적엔 너무나 귀여웠는데 혹시라도 역변한 아줌마가 된 모습으로 나타난다면 자신의 추억이 너무나 안 좋아질 것 같았으니까.

그저 좋은 기억으로만 남아있어 줬으면 싶은 마음이었다.

잠시 쓸데없는 생각을 하던 지후는 빠르게 찔러오는 모용세가의 쾌검을 피하며 다시 사랑의 주먹을 치켜들었다.

지후는 이들을 죽이지 않기로 마음먹었다.

무시하기엔 찝찝한 꿈이었고, 책임을 질 이유는 없었지만 자신의 가문의 무능함으로 인한 결과물이 이들을 노예로 이끈 것이었기에 아주 조금의 죄책감은 있었다.

사실 이들이 쓸모 있다는 사실이 가장 컸지만.

추억과 인연이 있는 관계로 엮여있었기에 그들을 차마 버릴 수 없었다.

그랬기에 이들을 죽지 않을 정도로만 때려 주고 이들의 수장을 잡을 생각이었다.

물론 당장은 천지분간도 못하고 쳐들어오고 있는 녀석들에게 훈육을 하는 게 먼저였지만.

하늘과 땅을 가르고 빛과 번개를 가를 정도의 쾌검이라고 불리는 모용가주의 건곤파섬검이 지후의 육체를 가르고 지나갔다.

쉬이익!

하지만 모용가주가 벤 것은 지후의 잔상일 뿐이었다.

이형환위로 순식간에 지후는 모용가주의 뒤를 잡고 있었고 지후의 황금빛 권강은 모용가주의 척추를 제대로 가격하고 있었다.

퍼억!

"끄악!"

모용가주의 배가 하늘을 바라보며 등이 기이한 각도로 꺾이고 있었다.

'나중에 누나한테 부탁해서 치료해 주마. 그니까 걸리적거리지 말고 좀 꺼져라.'

지후는 아무렇지도 않게 쓰러진 모용가주의 얼굴을 차버렸고 모용가주는 피를 토하며 의식을 잃고 있었다.

"이, 이놈! 감히 가주님을!"

그 모습을 보던 모용세가의 장로들의 섬광이 구름을 가를 정도의 쾌검이라는 섬광분운검과 섬광추혼검으로 지후를 베어 왔다.

하지만 지후의 호신강기에 의해서 그들의 공격은 막힐 수밖에 없었고 오히려 반탄력에 의해서 내상을 입으며 장로들은 한없이 뒤로 밀려났다.

그 틈에 지후의 강기와 심검이 모용세가의 무인들과 장로들을 덮쳤고 남은 건 이제 소림사뿐이었다.

"이놈! 손속이 너무나 잔인하구나!"

"땡중이 눈이 멀었구나. 내 분명 너희들에게 돌아갈 기회를 줬었거늘. 돌아가지 않은 건 너희거늘."

저놈 저거 얼굴은 분명히 알 것 같은데 이름이 기억이 안 난단 말이지.

딱 그 정도 인연이었던 거겠지.

그래도 소림방장이 되다니 대견하긴 하네.

어느새 처음 지후에게 입은 내상을 회복했는지 남궁지학은 소림방장의 곁에 서서 지후를 노려보고 있었다.

"백팔나한진을 펼쳐라! 저 악귀에게 우리 소림의 위상을…."

"악귀 같은 소리하고 앉아있네."

'나 너희 아무도 안 죽였거든.'

지후는 백팔나한진의 중앙을 향해 달려갔다.

그리고 백팔나한들은 당황 할 수밖에 없었다.

지금 지후는 본격적으로 황보세가의 무공을 무림인들에게 보여주고 있었다.

천왕보를 밟으며 벽력신장과 태산중수, 패권 등을 사용하며 황보세가의 무공만을 사용하며 적들의 심기를 어지럽히고 있었다.

"다… 당장 십팔나한도 합류하라! 아니, 소림의 모든 제자들은 저 악귀를 공격해라! 저 놈이… 저 악귀가 우리에게 사술을 사용하고 있다!"

사술이라… 하긴 황보세가의 진짜 무공을 보는 건 참 오랜만일거야?

아마 30년 만이지? 황보혁인가 그 놈을 내가 직접 본적은 없지만 무시 받는 거로 봐서 안 봐도 비디오니까.

백팔나한과 십팔나한, 그리고 이곳의 모든 무림인들이 지후를 향해 합격술을 펼치며 덤벼들었다.

'백팔나한진은 말 그대로 소림의 나한들끼리 펼쳐야 위력이 제대로 나오는 진이지.'

"아무리 좋은 방법이라도 훈련되지 않은 어줍잖은 합격술은 오히려 독이 되는 법이지."

지후의 말 그대로였다.

그나마 지후의 움직임을 조금이나마 막아서던 소림의 백팔나한진에 다른 무인들이 난입하자 무림인들은 지후에게 순식간에 무너지기 시작했다.

지후의 말은 모두에게 똑똑히 들렸고 자존심은 상하지만 자신들도 그 말이 맞다고 생각을 하고 있었다. 그렇지만 발을 뺄 수도 없었기에 악다구니를 쓰며 더욱 집중해서 지후에게 검을 휘두를 뿐이었다.

"하압!"

수십 명이 기합과 함께 지후를 둘러싸며 검을 휘두르고 있었지만 지후는 천왕보를 밟으며 여유 있게 피해내고 있었다.

"저건 천왕보…."

남궁지학은 지후의 움직임을 두 눈을 부릅뜨고 지켜보고

있었고 소림방장은 남궁지학의 혼잣말에 고개를 내젓고 있었다.

'사술이오… 그의 무학이 왜… 이제 와서… 왜….'

과거 중원을, 무림을 지켰던 절대적인 존재가 몇몇의 머릿속에 떠오르고 있었다.

그때는 너무 어렸고 자신들의 실력이 모자라 먼발치에서 바라볼 수밖에 없었지만 그의 마지막 전투는 여전히 자신들의 머릿속에 선명하게 기억하고 있었다.

그때의 그 전율.

압도적이었던 권무.

자신들의 머릿속에 여전히 잊을 수 없는 전설이자 영웅으로 추억되고 있는 권왕 황보지환의 모습이 적의 수장과 너무나 겹쳐보였기에 더욱 적의 수장을 인정할 수 없었다.

비록 그의 사후가 후손으로 인해 더럽혀졌지만 그는 모두의 가슴속에, 추억 속에 무신으로 자리 잡고 있었으니까.

"도저히 저 사술을 사용하는 자를 보고만 있을 수는 없구려."

소림방장은 남궁지학에게 한 마디만을 남기고는 전장으로 몸을 날렸다.

남궁지학은 자신도 합류해야 한다는 사실을 알고 있었지만 이상하게 발걸음이 떨어지지 않았다.

저 곳에 뛰어드는 순간 자신도 순식간에 바닥에 누워있는 시체가 될 것이라는 걸 본능적으로 느끼고 있었기 때문이었다.

사실 지후는 누구도 죽이지 않았지만 누구도 그들의 생사를 확인할 정도의 여유가 없었기에 그저 죽었을 것이라 생각할 뿐이었다.

남궁지학은 지금이 전쟁 중이라는 사실도 잊은 채 자신의 어렸을 적 영웅의 향수에 푹 빠져있었다.

적의 수장은 마치 자신의 마음속의 영웅이자 무신인 황보지환의 화신 같았다.

그랬기에 조금이라도 그의 모습을 관찰하고 눈에 담고 싶었다.

추억으로 회상만 했던 그의 권무가 이곳에서 펼쳐지고 있었으니까.

남궁지학은 절대로 이곳에 있는 무력으로는 저 사내를 이길 수 없다는 사실을 느끼고 있었다.

그의 움직임은 여전히 여유가 넘쳤고 얼굴에는 땀 한 방울 흐르지 않았고 호흡조차 흐트러지지 않고 있었으니까.

그리고 저 남자는 그의 화신이니까.

지후는 슬슬 이곳을 정리해야 한다는 사실을 느꼈다.

남궁지학을 만난 건 분명 반가운 일이지만 남은 세 곳의 문도 막아야 했기에 이곳을 빨리 정리해야만 했다.

지후는 순식간에 수많은 강기와 심검을 난사하고 주먹을 휘두르며 무림인들을 쓰러뜨렸다.

지후가 끝내기를 마음먹고 공격하기 시작하자 무림인들이 무너지는 건 순식간이었다.

일방적인 공격이었고 오직 한 사람에 의해서 모두가 비명을 지르며 피를 토하고 쓰러지고 있었다.

지후는 마치 무아지경에 빠진 듯이 주먹을 휘둘렀고 그런 지후의 주먹에 모두가 쓰러져 버렸다.

지후를 공격하던 무리 중에 딱 한사람만이 지후를 바라보며 두 눈을 부릅뜨고 있었다.

바로 소림방장이었다.

"어… 어떻게…."

지후가 마지막에 모두를 공격한 건 백보신권이었다.

소림사의 절기중 하나인 백보신권이었고 그가 자주 사용하던 무공 중 하나가 백보신권이었기에 소림방장은 눈을 부릅뜨고 지후를 노려보고 있었다.

지후는 대답을 하지 않았다.

눈앞의 땡중을 향해 백보신권을 뻗어 잠시 휴식을 주었다.

지금은 대화를 나누고 있을 때가 아니었다.

자칫 다른 곳에 도움이 늦어지면 피해가 커질 것이기에.

그리고 기감으로 느끼기에 이곳에 가장 적은 전력이 쳐

들어 온 것이었다.

그랬기에 지후는 땡중과 노닥거릴 틈이 없었다.

이곳의 정리가 끝났다는 생각에 윌로드에게 명령을 내리려 했자만 순간 느껴진 기척에 지후는 고개를 돌렸다.

잊고 있었다.

남궁지학이 아직 남아있었다.

남궁지학은 제왕검을 들고는 지후를 노려보고 있었다.

"다… 당신은 혹시… 황보지환님의 화신…이십니까…?"

지후는 어이가 없어 피식 웃음이 나왔다.

하지만 그건 그거대로 괜찮은 방법이었다.

현경의 무인들이 자신의 장난에 휘둘려 혼란스러워 하지 않았다면 이렇게 쉽게 이곳을 정리하지 못했을 테니까.

아마 남궁지학과도 꽤나 많은 주먹을 나눠야 할 것이기에 그런 귀찮음을 피하기 위해 지후는 남궁지학에게 혼란을 주었다.

〈7권에 계속〉